笠間ライブラリー

梅光学院大学公開講座論集

63

宮沢賢治の切り拓いた世界は何か

佐藤泰正【編】

笠間書院

宮沢賢治の切り拓いた世界は何か

目次

目次

宮沢賢治の切り拓いた世界は何か

賢治の「おもしろさ」と「むづがすさ」

原　子朗

賢治の文体の豊かさ

日ごろ尊敬し、ご指導をいただいている佐藤泰正《さとうやすまさ》先輩から「こちらの賢治論特集に原稿、たのむよ」とのご連絡をいただいて、実は、かなり動揺したのでした。と申しますのは、ずっと体調をくずしていたからです。「とっくみあいの勝負」といえば、かっこいいのですが、ここ三十年以上も外国のあちこちの大学にまで東奔西走しながら、宮沢賢治の全作品を改めて読み直し、また、読み直し、点検し直すみたいに読みかえしました。彼《か》の『宮沢賢治語彙《ごい》辞典』（東京書籍、一九八九年）の改訂版の、おそらく最終版となる出版のために、毎回、他の作品の同じ語と比較したり、没頭してきた（つもりの）ために、すっかり腰まで痛めてしまい（辞典の校正の途中からでしたが）最終版『定本・宮澤賢治語彙辞典』（二〇一三年）が筑摩書房から出たころから、ずっとお医者さんのお世話になっていたのです。腰痛は全身に、思考力にまで及ぶことを、はじめて経験し、今も続いています。『定本・宮澤賢治語彙辞典』が、今回は賢治の全集を何回も（形を変えて）出してきた筑摩書房が出してくれた安心も手伝い、気が緩んでしまったのかもしれません（本のコマーシャルみたいな文になっていますことをお許しください）。

そんな、つまらぬ、しかし、たいへんだった理由をくどく申し上げながらも、佐藤先生のご指名は嬉しく、賢治論のしめくくりみたいに、私はもっと賢治の「文体」について改めて論じてみたいという欲求を、まだ捨てきれず「書かせてください」と、お答えした次第でした。「文体」といいましても、賢治が短歌にはじまって詩や童話ばかりか、俳句や、これまで、あまり論じられていない「法華堂建立勧進文《かんじんもん》」や「書簡」はもちろん、文学作品以外の文学も含んだ文体について論じることが大切だと思うのです。

むしろ文語詩の批評もさることながら、改作を含め極初期の和歌まで含めた「文の形態論」、あるいは「ジャンル」の問題だけでなく、言語表現のすべてに見られる「おもしろさ」です。むろん、文学作品ですから「表現」の全体の意味だと思います。でも、そういうときの役割は、ことばづかいでしょう。「話し合い」の場合も、「話しかた」が一番大事であるように――。私は長年、この「文体」の研究に明けくれてきましたが、文体を通してこそ「賢治とは何者か」について問うべきであると思うのです。

賢治がさかんに表現活動を始めた大正時代においては、明治時代に比べて文学作品（詩も小説も）

は、いっせいに文語から口語で書かれるようになります。若き宮沢賢治は文語から口語への時代に生まれ育ち、文語の教育もたっぷり受けていますから、賢治の表現における文語の要素は、口語表現の単なる基礎どころではありません。賢治は口語から始めた詩人・作家たちの持たぬ可能性を示した証拠として、その豊かさの大きな実証体として存在しているといっても過言ではありません。この点について、「これが賢治の文体の深さだ」という文体論を書かせてもらいたかったくらいでしたが、佐藤泰正先生に『これが漱石だ』（二〇一〇年、櫻の森通信社）という名講義録があることを思い出して「止め」にしたのでした。

初手《しょて》の「おことわり」も長くなってしまいましたことをお詫びいたします。

賢治の「文語詩」を論じた賢治論も非常に少ないですね。入沢康夫さんの秀抜な「解説」（ちくま文庫版『宮沢賢治全集』第四巻、一九八六年）に引用されているように、賢治は「なっても（何もかも）駄目でも、これがあるもや」と妹さんたちに言いながら、文語詩を朗読し、感想を聞いて手入れまでしていたようです。

こうした賢治における文語と口語の問題を重視して丁寧に分析することは、今後の課題といえましょう。

賢治の表現の「むづがすさ」

花巻訛《なま》りの「むづがすさ」（難しさ）を題に使って、賢治の表現における問題点について語りたいと思います。賢治の表現における「むづがすさ」について整理すると、次の四つの要素になるでしょう。実は、これらの「むづがすさ」に、ずっと困っていますのは、筆者自身であります。

①賢治の用いている「ことば」じたいの難解さ。たとえば「花巻弁」をふくめた詩には不馴れな「東北弁」の多義的な複雑さと難解さ、等々。（今やテレビ等の賑やかさで方言のおもしろさなど過少化されています。）

②短歌や俳句独特の古典的表現――たとえば「美しき」、「いにしへの」、「おぞましき」といった古語のニュアンスの難しさ等々。

③ことばより「時代」の、たとえば「外交交渉」や「戦争」等、賢治の時代背景について捉える難解さ。

④その他。①～③の複数の条件を兼ねた困難、等々。

これらのすべてで、賢治の場合、文学表現上の難解さが主であることは、申すまでもありますまい。

賢治は理系の教育をふくめて、今はない、かなり深い教育を受けたので、少しは躊躇《ためら》いながらも大胆に、理系的表現を生きいきと使っています。筆者など、これにいっとう困らせられました。さっきの①に、ほんとうに「七転八倒」させられていました。というのも、今示しました①の辞典作りなどは最強の「むづがすさ」でした。

とくに、方言については、筆者自身も今は花巻でも、そうは困らされることはありませんが、半世紀以上も前から「訪花」させてもらっている筆者にとって、花巻の方に何回も言い直しをしてもらったことはたいへん有難いことでしたが、まるで花巻の方々を困らせに参上しているかのような「研究者」のお邪魔ものでした。

ほんとうに週末には花巻の「お邪魔もの」として、市役所の脇の市立図書館の館員の方を先ず困らせ、宮沢家でもお邪魔ものになり、今もこうして読者の皆様に、ご迷惑をおかけしている「むづがすさ」の一員です。お許しください。ですが、なにも賢治にとっての私は「お邪魔さま」であるばかりか、時どきは花巻ばかりか、世界のあちこちから「お邪魔」を要請されて、『賢治全集』を抱きかかえて、それに応えている、という次第であります。

命がけの「おそろしさ」

私が感動的な「おそろしさ」の体験をした随一の思い出は、焼けこげのある賢治の原稿（焼夷弾の被爆を防空壕の出入口で辛《かろ》うじて消しとめたと一見してわかる）を見てハッとして視線を奪われたときのことです。

それにつぐ「おそろしさ」の体験は、自分自身の思い出ですが、私は子どもの頃から「スフ」（人造絹布）の幟《のぼり》に毛筆と磨《す》りおろしの墨汁で大書することをやらされました。父へのまったく無料の註文があまりに多かった（出征兵士激増のため殺到）からです。父は書家でもないのに、よく中国にも出かけ、中国の書家や画家たちも長崎の私の家を宿みたいにして泊まり、やがて原爆の灰になってしまう書画を宿代みたいにして置いて、帰国していったようです。上海が東京より近い感じで「長崎県上海市」とまで私たちは言っていました。そんなことと、賢治研究と、なんの関わりが？　とお思いの読者の方々も、少々、この駄文におつきあい賜わりますように。

簡単な例で申しますと、賢治論の論旨のくわしい内容もかなわぬ肉筆一枚の、あるいは端書《はがき》一葉の文字が貴重な場合だって少なくないのです。賢治を知るうえで——。私は父がはがき一枚にも毛筆しか用いなかった家の子だったため、戦時中は「子供」なのに小学校のころから毛筆を持たされていたために、「祝××上等兵出征」といった木綿《もめん》の幟《のぼり》を書かされることが三日三晩もつづいたという、もう誰も知らぬ「成長」を強いられて育ちました。

私は「沖縄戦」のころ、ある島で何発もの手榴弾をあてがわれて、寝食に耐えていたこともあります。これも誰も覚えていない、その手榴弾の配球まで私は覚えております。

また、鹿児島にいたとき、長崎の原爆投下を知り、何よりも長崎に住んでいた両親の安否を心配しました。しかし、アメリカの兵員を積む船艦が沖縄から鹿児島まで渡る（十三日間かかる）との情報もあり、あきらめの極みでした。

続いての「おそろしさ」の体験は、時はずっと下りますが、約十年間余りも私は辞めさせてもらえなかった警視庁の「筆跡鑑定顧問」もやらされ、身の危険があるともいわれ、それが賢治ほかの筆跡を見つめなおすことに、かなりつながりました。これが、筆跡を比較したり、見つめたりする鑑定眼に近づきを作っていたという「秘話」であります。

その頃、不可解な（しろうとには）事件がありまして、どうしたのか、私の家のガレージに毎日、毎晩、若い警官が見張りの当番を立たせることがありました。食事どきになると、ちがう警官と交替するのですが、私も少しこわくなったのは、時どき彼らは車の下を、交替時に腰をかがめて、とくにエンジンあたりを、念入りに、爆発物がないか「検視」しているらしいのです。

そんな命がけの「おそろしさ」の思い出もちらちらと甦り、賢治の生原稿が焼けこげながらも命がけで守られたことをはじめ、私自身の命がけの体験までをも二、三番目に思い出しながら、改めて思うのは、そんな体験をした私たちは、にせの平和をかかえている「戦中派閥」！　だということです。

その私が賢治を追いかけてきた源流には、賢治にあこがれ、ずらと下手な文を綴っていた、文学青年でもあり夭折した兄の存在があります。その兄のすがたは、いつか賢治のすがたに重なってきましたが、私はそんな賢治を追う一個の「杪（すわえ、小枝《こえだ》的存在）」です。

中国の賢治受容

海外での賢治受容は、この半世紀ほどの間に、英語、フランス語、ドイツ語、スペイン語、中国語、韓国語等、多くの賢治作品が翻訳されたことで、たいへん盛んになりました。特に私は、二十年ほど前に、北京で日本の近代文学を講じたおり、銭稲孫（日本語訓《よ》みにすると「せんとうそん」）の「雨ニモマケズ」訳、「北國農謡」をコピーして学生たちにくばったときのことを思い出します。

この訳は世界で初の「雨ニモマケズ」外国語訳で、昭和十六年（一九四一）刊、北京近代科学図書館編『日本詩歌選』（文求堂書店）中の一篇。賢治原作と行数をそろえて訳した格調高い名訳（その後のいくつかの中国語訳もこれにはかなわない）です。銭稲孫がすぐれた詩人であったこと、万葉集ほかの日本詩の名訳があることを知っている中国人も日本人も非常に少ないです。私に解説されて、その驚きもあったのでしょう、中国の学生たちに、いっきょに「賢治迷《ミィ》」（迷は、中国語でファンのこと）がふえたことを、こんどは私が驚いたことでした。その『日本詩歌選』では対訳のかたちになっている銭稲孫訳をそのまま写してみましょう（ただ、残念なのは十一行目には、賢治原作には「アラユルコトヲ」の下に「ジブンヲ」とありますが、それが落ちていて、訳にもありません。戦時中の印刷時の何かのはずみで落ちた？）。

　　北國農謡

不畏風兮　　　　　　　雨ニモマケズ
不畏雨　　　　　　　　風ニモマケズ
耐得寒冬　　　　　　　雪ニモ夏ノ暑サニモ
耐得暑　　　　　　　　マケヌ
壯實身軀　　　　　　　丈夫ナカラダヲモチ
澹無欲　　　　　　　　慾ハナク

嘻嘻鎮目
不瞋目
糙米四合目三餐
少許黄醤少許蔬
凡百錨銖非所計
但將聞見
記清楚
大地悠悠松樹林
林中茅屋是吾廬
東家兒病
為看護
西姥稲草
吾代負
南隣老人臨大限
往慰殷勤願無怖
北隣相爭成訴訟
勸母爭訟傷情趣

決シテ瞋《イカ》ラズ
イツモシヅカニワラッテヰル
一日ニ玄米四合ト
味噌ト少シノ野菜ヲタベ
アラユルコトヲカンジョウニ入《イ》レズニ
ヨクミキキシワカリ
ソシテワスレズ
野原ノ松ノ林ノ蔭ノ
小サナ萱ブキノ小屋ニヰテ
東ニ病気ノコドモアレバ
行ッテ看病シテヤリ
西ニツカレタ母アレバ
行ッテソノ稲ノ束ヲ負《オ》ヒ
南ニ死ニサウナ人アレバ
行ッテコハガラナクテモイイトイヒ
北ニケンクワヤソシヨウガアレバ
ツマラナイカラヤメロトイヒ

旱篤仰天涙空流　　ヒデリノトキハナミダヲナガシ
夏遇嚴寒悃無措　　サムサノナツハオロオロアルキ
人皆呼作木偶兒　　ミンナニデクノボウトヨバレ
不聞稱譽　　　　　ホメラレモセズ
不為苦　　　　　　クニモサレズ
如斯人兮我願之　　サウイフモノニ
如斯人兮　　　　　ワタシハ
我所慕　　　　　　ナリタイ

なお、この『日本詩歌選』が刊行されたのは、昭和十六年（一九四一）の戦争の最中であり、しかも「敵国」日本の首都、東京での刊行でした。私は、敵国日本の首都で、日本の大学で学んだ学者の著作が、よくぞ発行された、という事実に驚きを禁じ得ません。訳者銭稲孫は、万葉集はじめ、日本の有名歌人（集）の翻訳刊行の実績が認められていたからでもあったからであろうが、日本の古典にも通暁する、並の日本語学者以上の語学・文学の専門家だったからでしょうか。最近、東方書店から出版された『文化漢奸と呼ばれた男』（鄒双双、二〇一四年）で銭氏の紹介が出たので参照してください。

なお、この賢治のコマーシャル・ソングの出だしの二行について、原作と銭訳では「雨」と「風」

が逆に翻訳されているのは、中国語では四声順に表現される規則があるからです。風（フォン）は第一声、雨（ウー）は第三声ゆえ、日本語と逆にしないと中国では通じない……という。それぞれ国語に従ってのことで、表現上のミスではありません。

私は、しかし前述の発行年に対して、ひときわ感慨深く考えさせられるのです。

賢治曼陀羅

最後に、私が長年捉え続けてきた賢治の世界を、「賢治曼陀羅」として図示によって表現しましたので、ここに披露いたします。

多少の解説を加えさせていただくと、賢治の祈りは、「雨ニモマケズ」にある通りですが、それは、賢治の強い願望の吐露である終りの「サウイフモノニワタシハナリタイ」を除いた、この詩ぜんたいの、リズムとイメージで書かれた「曼陀羅」であると考えています。（ちなみに、賢治は日ごろ、国柱会からもらった日蓮の十界曼陀羅を大切にし、その象徴思想を信じて疑わなかったのです。）

その曼陀羅としての構成は、まず「雨ニモマケズ／風ニモマケズ／雪ニモ夏ノ暑サニモ　マケヌ」に登場する「雨・風・雪・暑」の天に対して、地としての「ヒデリノトキハナミダヲナガシ／サムサノナツハオロオロアルキ」の「旱・寒」が対応すると見ることができます。

その天と地の間を、東・西・南・北の四方、すなわち四身（応身＝功徳仏・法身＝如如仏・化身＝化仏・報仏＝智慧仏）が順に「東ニ病気ノコドモアレバ……」、「西ニツカレタ母アレバ……」、「南ニ死ニサウナ人アレバ……」、「北ケンクヮヤソショウガアレバ……」現われて衆生を救済、教化《きょうげ》します。すると、天・地の艱難を身をもって受苦しながら、東・西・南・北に化身（仏の仮のすがた）として奔走する中心こそ、「ホメラレモセズ／クニモサレ」ナイ「デクノボー」であり、それはそのまま存在の空無化＝没我《もつが》・捨身のシンボルなのです。

つまり、その中心部分の「東西南北」が「四仏の方位」であり、おのずからなる四隅の「四菩薩」「八葉院」を象《かたど》り、中央が大日如来の蓮華座で、それを囲む四仏・四菩薩の胎蔵界曼陀羅としての「サウイフモノ」を欣求した「賢治曼陀羅」として示すことができるのです。

なお、「賢治曼陀羅」についてのこれ以上の解説は省きますが、さしあたり、『定本・宮澤賢治語彙辞典』の項目「曼陀羅」をご参照くださるなど、それぞれの見出し語からお考えくだされば幸いです。

※中国語について、早稲田大学名誉教授・杉本達夫氏にご教示を賜った。ここに記して感謝申し上げる。

参考資料

賢治曼陀羅

五大虚空像《こく(う)ぞう》菩薩の斎場
(「成道《じょうどう》」以前の僧)

原子朗作製・不許複製

マンダラは梵語→漢字の音写(仏教の象徴)

金剛—胎蔵—(両界—もある)のほかパターンが多種で難解。唱題を中央にした「十界大曼陀羅」(文字マンダラとも)は日本特産の日蓮宗のマンダラである。(輪円《りんえん》具足《ぐそく》・道場《どうじょう》・壇《だん》・本質《ほんしつ》等と訳され、もとは地面に描かれた)

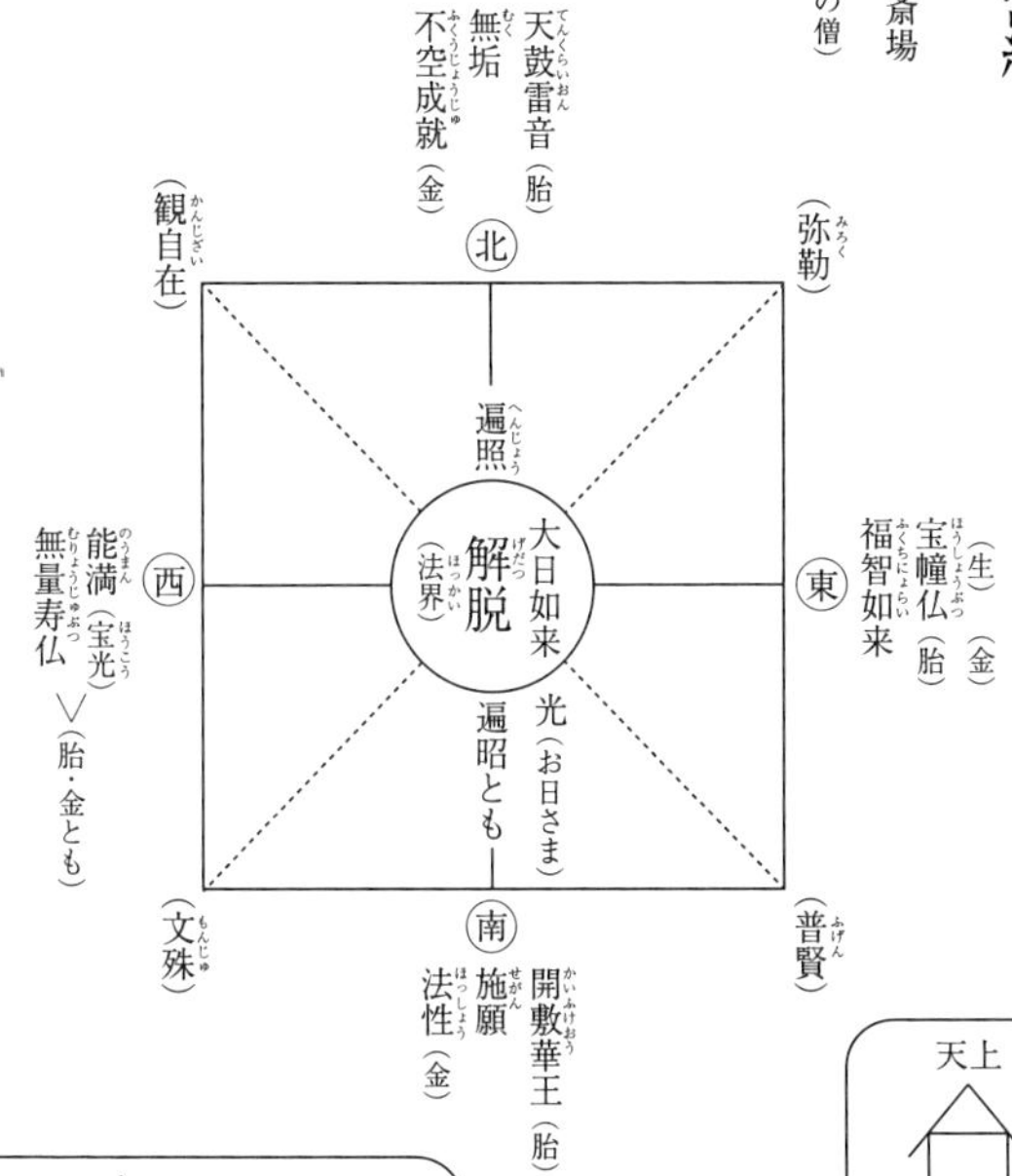

宇大《うだい》(宇《イエ》)

五大虚空蔵↓解脱(梵)へ(デクノボー)
サウイフモノニワタシハナリタイ

四仏・四菩薩(=八葉+大日如来)
8葉(8葉院)が大日如来をかこむ

蓮華《れんげ》

詩の〔業の花びら〕の「わたくしは神々の名を録したことから」

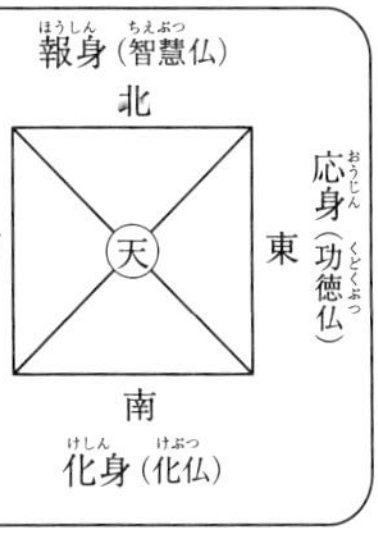

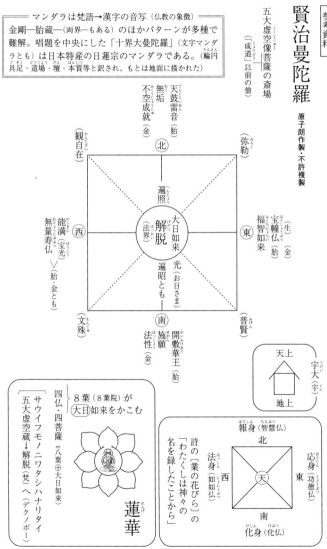

原　子朗

生命と精神

——賢治におけるリズムの問題——

比較的長年、私は宮沢賢治になずんできて、まだまだ埒《らち》があかない。それというのも、賢治、ないし賢治作品のもつ様々の問題が、賢治だけに終らず、そのままひろく詩や文学の問題にひろがっていき、その前に、いちいち他の詩人や作家の場合、それはどうか、と考えこんでしまうので、つい手前の思考も手間がかかり、モタつく、ということもあろうが、逆にいうと、それだけ賢治および賢治作品のもつ、いわば秘密が、どれも普遍的な、人間と文学の問題にみちている、といえるようだ。ここで考えてみようとすることも、まさにそうであり、かつ重大な問題点の一つと思われる。

ここ五年来、私は賢治の語彙の注をつけている。書簡やメモを含む全作品から、賢治独特の語彙はもちろん、そうでなくても少しでも一般読者には難解と思われる全語彙をひろい出し、若手の研究者たちに八方手を尽して基礎的な注釈をやってもらい、それに徹底的に手を入れるという作業である。八方手を尽すというのは、賢治の語彙が百科事典的な多方面にわたっているばかりか、通りいっぺんの知識や調査だけでは手に負えないシロモノが、おそろしく多いからである。その基礎的な仕事はあらかた終っているのだが、私の手入れのほうが、これまた、なかなか埒があかない。私の多忙ということは別にして、それぞれの語彙を、単に語釈としてでなく、作品の文脈の中に位置づけ、意味としてよりもはたらきとしてとらえてゆく、という点で苦労するからである。基礎稿の作成者たちには申しわけないが、それらを真っ赤にしたり、ほとんど書き直したりしている。

　だからといって、注釈者の読みがはたらいてはいけない、という配慮もはたらく。作品の読みは読者めいめいにまかせるべきであって、かりにも、それを邪魔するような語注は語注として失格だからである。つまり、辞書的な意味は意味としてしっかりおさえながら、意味されるものから意味するものへ、語の音声を含めて賢治がその語をどうして必要としたか、その語が作品の中でどんな役割を果しているかを、たえずにらまえながら注をつけてゆく、あるいはその逆、意味するものから意味されるものを簡潔に注してゆく、ということが望ましいということになろう。わかりきったことを書いてしまったが、それがなかなかむずかしい。つい、意味されるものに、すなわち辞書的な意味に、足をうばわれそうになるからである。

　そうした進行中の私の経験の中から、小論のテーマも生まれてきたものであるが、この賢治のことばの意味されるもの（意味内容）と意味するもの（表現）との関係は、以下の私の試論の下地に、たえずひそんでいることを、ことわっておきたい。

　たとえば「稲」という語を例にとってみよう。稲は学名を Oryza sativa といい（賢治作品にはそのまま学名でも登場する。たとえば詩「南からまた西南から」や「ダリア品評会席上」等で。また、童話「グスコーブドリの伝記」その他では「オリザ」として登場)、その起源地や分類については諸説があるが、一般にはインド・アッサム、中国の雲南地方にかけてが原産地とされ、日本へは縄文期に、中国から九州へ、あるいは朝鮮半島経由で対馬、九州へ伝来した、とされている。そして九世紀には奥羽地方へ、十三世紀には本州最北部まで、農業の中心作物となっていったといわれてきたが、最近の考古学説によれば籾殻化石の発見などを機に、既に弥生期に東北地方に稲は伝播していたといわれている。また、イネの語源にも諸説があって興味ぶかいが、ここでは省略しよう。

ところが、そうした解説は、それこそ百科事典的知識であって、賢治作品の一般読者には、いまさら「稲」の語注など必要としないようにも思われる。多くの読者は稲は稲の常識で読んでいるのではないか。しかし、賢治の全作品中「稲」と出てくるものだけでも一三〇回をこえ、「水稲」「稲作」「稲葉」「稲草」「稲穂」「青穂」「陸稲(りくとう・おかぼ)」等々を入れると二〇〇をはるかにこえ、さらに類縁の「苗代」「田植」「穂孕(ほばらみ)」「分蘗(ぶんけつ)」「籾」「稲熱病(いもちびょう)」等々まで加えると、三〇〇をこえるだろう。そうした登場頻度だけからいっても「稲」を無視するわけにはいかない。それどころか、それは重要な賢治語彙の一つということになる。

賢治の生涯を思うとき、それは当然のことともいえるが、稲を抜きにして賢治は考えられない。ちょうど稲作を抜きにしては日本の農業は考えられないように。彼の文学ばかりか全存在様式の、稲は最も具象的な因縁だったといえる。とはいっても、稲――製品ないしは流通対象としての米でなく、あくまでその成長過程としての稲――がもはや彼にとって外在の対象ではなく、たとえば一般の詩人や作家におけるような、田園自然の一景物などでなく、内在必死の現象ともいえるイメージとして私たちに確認できるのは、彼が農学校教師を辞めてから、作品でいえば『春と修羅』第二集あたりから、詩では同第三集以降に頻出し、童話への登場の多さも、おおむねその時期のものからに多いと考えてよい。ちなみに初期の短歌には直接稲を歌ったものは皆無といってよく、詩も『春と修羅』第一集には二篇（「マサニエロ」「宗教風の恋」）に登場するが、ライトモチーフとしてのものではない。

短歌といえば、彼の「絶筆」は短歌二首、この辞世の歌は両方とも「稲」を因縁としている。

方十里稗貫のみかも稲熟れてみ祭三日そらはれわたる
病《いたつき》のゆゑにもくちんいのちなりみのりに棄てばうれしからまし

いうまでもなく、後者の「みのり」は仏法の「御法《みのり》」であるが、稲の「稔り」にもとづく（一首目の歌意を受けた）懸けことばである。この辞世歌二首についての論評はあまり聞かぬが、私は傑作とはいわぬまでも歌意の暢達と透明、初期の短歌群とはまた別趣のすぐれたものと思う。まだ所を得なかった未完成の青春期の短歌に比して、賢治ならでは詠みえぬ歌、というより賢治の後半生の悲劇のすべてがここに集結し、かつ解放されていると思う。そして、それゆえに傷ましい。いうなれば彼の少なくとも後半生は稲（農村）につき動かされ、作品もまた稲によって書かされてきた、そういっても過言ではなかった。稲は彼の精神を恐迫しつづけた。この二首の歌は、その恐迫からの、また精神からの、そして生からの解放を意味しよう。私が二首の暢達と自由をいうゆえんである。あるいは、それはもう歌意を超えたものであるかもしれない。少なくとも、ここではもう稲に書かされてはいない。

この「絶筆」は死の前日（昭8・9・20）に書かれている。鳥谷《とや》ヶ崎神社の祭礼の三日目、神輿が旅屋から近くの丘の上の本殿へ帰るのを、病床から自家の門前まで運ばれて賢治が拝んだのは、その前日の夜半だった、と年譜は伝える。おそらく推敲の余裕もなく、全身から吐き出される大きな吐息のように、ごく自然によどみなく二首は流れ出た形跡が、半紙に書かれた毛筆の筆跡からも読みとれる。この秋、稲の稔りは岩手県にとっては空前の大収穫が伝えられていた。それが「方十里、稗貫《ひえぬき》（郡）

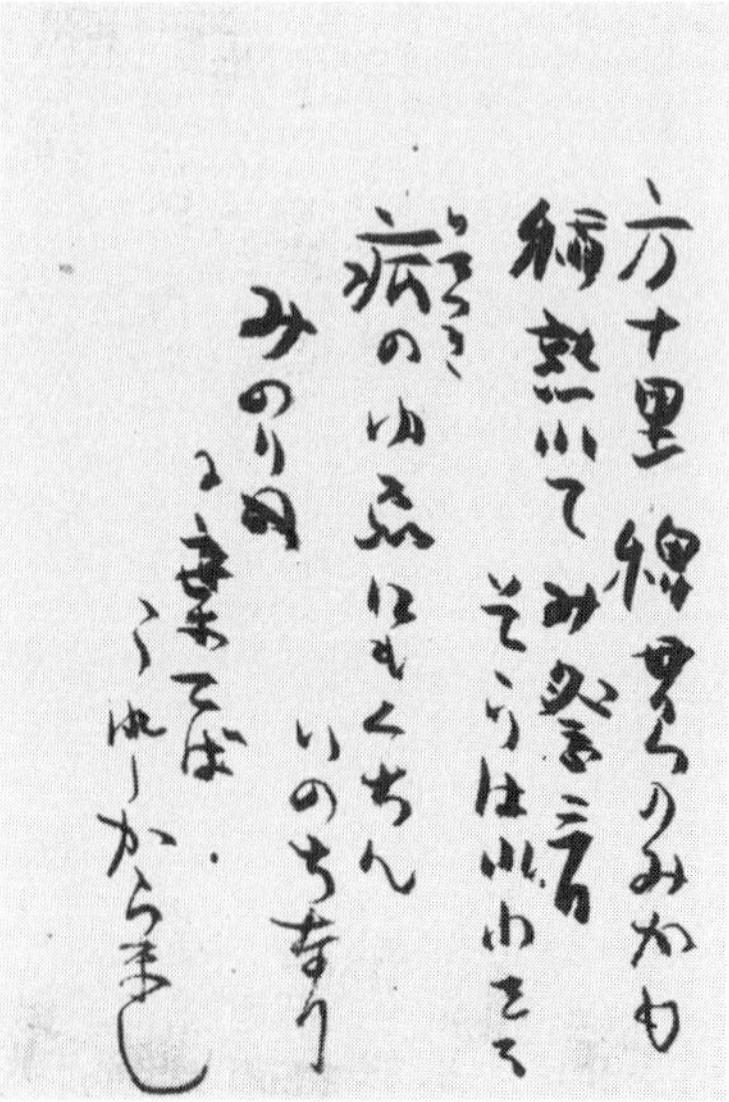

賢治絶筆

のみかも」の意であり、「み祭三日」の美しい修辞の出所でもある。――そういった注釈を、しかし、この二首の解放感と伸びやかさのリズムは、たしかに超えている。もう長いものなど書けなかったろう、短歌が精いっぱいだったろう、そんな周囲の臆測を尻目に、無意識に流れ出た短歌の調べ（拍子）、五・七・五・七・七の形式をも、二首のリズムは超えている。ソシュールの基本的規定を無視していうなら、「稲熟れて」という表現（意味するもの）が「稲の成熟」という意味内容（意味されるもの）を食いやぶり、超えているように。

「調べ」と「リズム」を、ここで二項対立のかたちで考えるのは小論の主要なテーマであるゆえ、以下で詳述するが、その前に私たちは、賢治にはもう短歌しか書けなかった、死に臨んでいたのだから、と考えるより、死に臨んで短歌が全身から流れ出た、といったがふさわしい事実に、ここであらためて注目してみよう。

彼が短歌を作りはじめたのが明治四十四年（十五歳、中学三年）、その後約十年間（大正十年頃まで）は集中的に歌作している。推敲おびただしい千余首がその間の収穫である。そこで賢治の得たものは何であったか。最もわかりやすくいって、詩的表現の息づかいであった。五音と七音の魅力、というより魔力であった、といってよいだろう。歌の出来ばえより、歌の拍子、あいまいなまよく使われるいわゆる音楽性を賢治は短歌時代――最も柔軟な感受性の時代――に身につけてしまった、と私は見る。かといって同じ五・七音を形式とする俳句ではいけなかった。それは俳句が短歌的な調べ、流れをせきとめることで成立する、つまり反短歌的な視覚性の尊重を本質としているからである〈賢治の資質が俳句に向かなかったことを論じた拙稿「宮澤賢治の俳句」〈「俳句とエッセイ」昭54・3、『鑑賞日本現代文学・宮澤賢治』昭56・6、角川書店、に収録〉参照〉。

少年期からの宗教の耳からの影響〈経文唱誦の旋律の魅惑〉、のちの音楽への熱狂的な傾倒等も、彼の和歌的資質と、どちらが主で、どちらが従ともいえない相関関係で作用しあっていることは、いうまでもない。ともかくも、賢治の全作品に見えかくれしながら、読者をひきずってゆく、時には鼻につきさえする、ある調子、詩ではよく「歩行のリズム」といわれたりする拍子、しかし童話や劇などでもやはり「リズミカルな」賢治調、あるいは賢治節《ぶし》の基礎は、短歌の時代に身についてしまったもの、といえるだろう。だから和歌を作らなくなったからといって、なんということはない、そこで身についた基調は、その後の詩や童話で、じゅうぶんに生かされ、ダイナミックに拡大再生産されていったのだから。晩年の秀抜な文語詩業は、こんどはその集中的な精練と仕上げの仕事だった。だからこそ、さきの辞世の二首も、いたって自然な流出だったわけで、けっして突然の和歌の甦りなどではなかった。しかも歌われているのが、少しも偶然の対象ではなく、これも自然な、必然の内面のテーマ「稲」であったことは、すでにいったとおりである。

賢治得意の賢治調、あるいは賢治節の実態を、いちいち具体的に作品で例示する必要はあるまい。とくに詩の場合は読者が先刻承知のことである。童話の場合も、ここでは抽象的な指摘にとどめるが、とくに、まず、方言も多用される会話の部分が問題になろう。つぎに、これこそ賢治得意の歌謡の挿入と、その歌謡の秀抜なリズム。童話の処女作二篇、「蜘蛛となめくぢと狸」「双子の星」以下、日本の伝統的な意味での「歌物語」は多い。三に、反復される囃子ことば。「雪渡り」や「風野（の）又三郎」をはじめ、無意味（象徴効果）、有意味の囃子文句の出てくる作品の例。四に、a、オノマトペの効果。b、登場人物（動・植物）のネイミングの音感。c、接続詞や副詞の多用。「けれども」「やっぱり」「すっかり」「あんまり」「だんだん」「さっぱり」「たうとう」「はんたうに」等々、単純拍子としての四拍（三拍・二拍）音を基礎とした混合拍子の五拍（あるいは七拍）音の効果、等々。

思いつくままにあげてみた、これも一般には「音楽性」と呼ばれるこれらの賢治調の構成要素は、童話の散文性を引きしめ、はずみをつけ、非個性的で惰性的な「ました」「でした」調のダルな物語形態から（それを利用しつつ）彼の童話を救い出す役割をしていることはいうまでもない。だが、彼のテーマがすぐれて個性的だったから、それにふさわしい表現をとったのだという、よくある解釈はまちがっている。少なくとも片手落ちである。彼の身についた賢治調が、個性的なテーマを生み出し、現前させていったのだから。詩は（詩としての童話も）テーマや内容が先にあって、ことばが工夫されるのではない。音楽がそうであるように、ことば（リズム）が先にあって、テーマはつくられてゆく。より正確にいうなら、ことば（リズム）とテーマは切りはなして考えられない。テーマはことば（リズム）と一緒につくられてゆく。

したがって、右にあげた童話における賢治調の構成要素の諸特徴も、私のあげかたが賢治の表現の工夫の結果であるかのような印象を与えるかもしれないが、そうではない。むろん工夫もともなったにせよ、大すじはあくまで彼の半天性・半生得の才能と訓練の結果である。おそらく彼の天成の資質と合致した、そしてその資質をいちだんと確かなものにしていき、やがて半《なか》ば彼の天成・生得のものとなってしまった、短歌時代につちかったリズム感覚の所産である。短歌の拍節が身につき、それによって彼の生命力の発露が可能になり、生命のリズムが流れ出、外在化される溝渠となった、という意味である。

さて、そこで小論のテーマであるリズムの問題にうつろう。

さきに私は、賢治の辞世の歌のリズムが短歌の調べ（拍子）を超えていることをいい、今はまた、身についた短歌の拍節が生命のリズムを流出し、外在化させる溝渠になった、というふうにいった。ここで最も基本的な認識の事項は、短歌の五・七・五・七・七の、いわゆる音数律（拍節、拍子、調べ）は、あくまで形式であり、手段であるということである。ルートヴィヒ・クラーゲスは、あいまいに混同されている「拍子《タクト》」（Takt, 英なら metre, meter, 仏なら temps）と「リズム」を明晰に区別し、意識的人為的反復運動を「拍子」と呼び、無意識的自然的反復運動を「リズム」であるとする。[1] 私自身も年来私の文体論の主張として、文章表現の「形式《フォーム》」と「様式《スタイル》」を区別し、書き手の意識的な「形式」を手段とし、媒体として、「様式（文体）」は躍動し、リズムをたかめる、しかしながら、それは書き手には無意識の生理であって、読み手によって発見されるもの、と論じてきた。[2]「形式」と「様式（文体）」は、これまた専門家の間ですら混同され、文章の形式（文形）を単純に文体と思いこんだり、その個人的特徴を「個性的文体」と考えてはばからないのが風潮である。

その伝でいけば、賢治の五音節、七音節の多用、すなわち形式としての拍子が、そのまま賢治の文体のリズムとされてしまいかねないのである。

リズムは、そして文体は、もともと生理的で先験的、本能的な生命現象であるのに対して、拍子は、そして文章の書法や形式は、後天的で経験的、意図的に選びとられる精神活動に属する（クラーゲスは西洋哲学の成果をみとめつつも「生命と精神の混同の上に築かれている」と批判する）。しかし、前者は後者を得ることによって、抑圧と抵抗を受けるかわりに、かえってその現象は活性化し、密度をたかめ、屈折し、複雑化する。また、選びとられた後者は前者の作用をうけて魂を吹きこまれた生物のように躍動し、単なる形式ではなくなり、主体化され、すなわち精神といのちは一体化して高まる。両者はもともと反復運動ながら、相乗作用によって反復をこえた更新運動として、文体価（クラーゲスによればリズム価）を発揮してゆく。

生硬ないいかたながら、クラーゲスのリズム論に示唆され、鼓舞されて、私は年来の私の考えを再確認しているのだが、この原理を賢治にてらしてみるとき、どういうことになるだろうか。

まず考えられることは、もし賢治が先輩石川啄木や、同時代の白秋や茂吉らの和歌の影響をまったく受けることなく、全然作歌体験の時代をもたなかったとすれば、後年、それでも詩や童話を書いたとしても、今の賢治の文学とはかなり（あるいは、まるで）ちがった相貌を呈していたか、あるいは、詩人・童話作者賢治は生まれなかったか、のどちらかであったろう、ということである。だが、もし後者であったとしても、彼はただ者ではなかったかもしれない。なんらかのかたちで、常人をしのぐ内面のエートス、それこそあふれてくるリズム、外界に対応する生命現象を、外在化せずにはおられなかったろう。たとえば祈禱師なり、僧侶なり、社会運動家なり、登山家なり、冒険家なり、……いや、それ以上の空想にふけるのはよそう、どだい私の仮定がバカげていると思うひとを焦らだたせないためにも。

私はかつて比喩的に、賢治の中には一人の古代人がいて、それがしだいに近代に目ざめてくる過程として彼の作品行動を論じたことがある。(3)その古代人の比喩は、彼が幼時から終生常人とはちがった闇恐怖症や自然現象への畏怖感の持主だった、といったアニミズムの性癖の伝聞に眩惑されてのことではなかった。彼の作品に横溢する神秘的ともいえるエネルギー、それこそ拍子の合間から奥から顔をのぞかせ、脈うってくるヴァイタルな息づかい、おそらく作者には無意識のリズム、それをさしてのことだった。わかりやすい例をいうのなら、詩とはかぎらない。前にあげた童話「風野（の）又三郎」の冒頭で、そして作中で、都合四回（「風の」では減って二回）くりかえされる例の太鼓の囃子

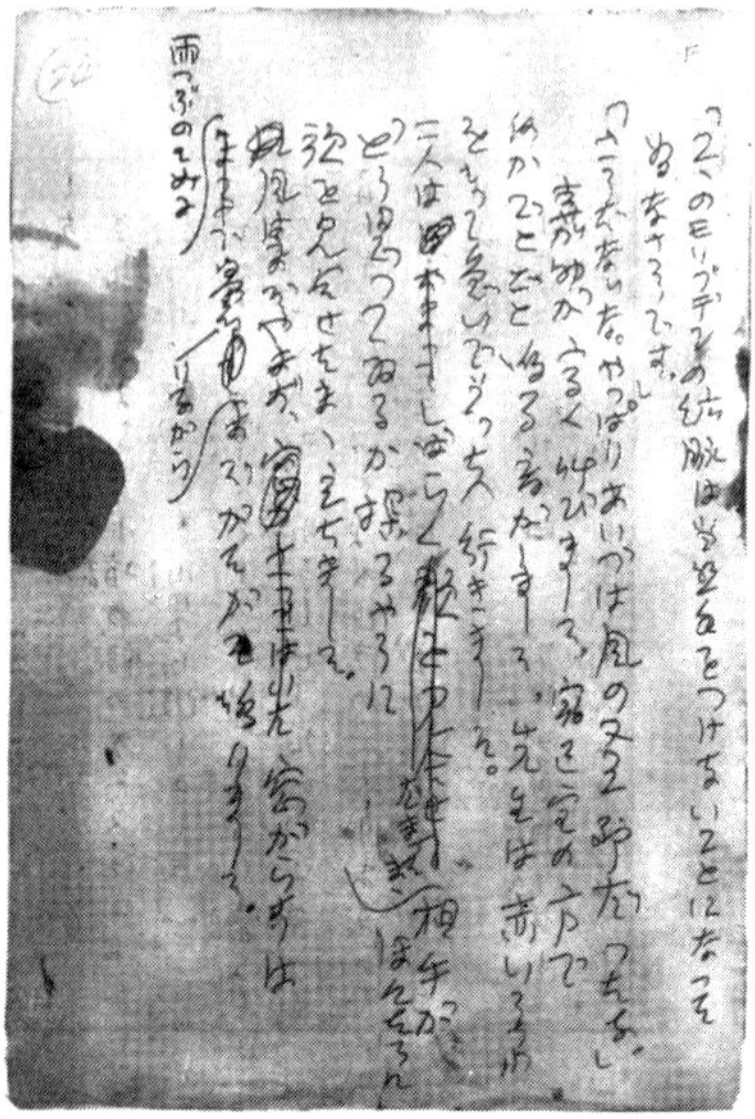

「風の又三郎」最終葉

を思わせる「どっどどどどうど　どどうど　どどう」以下の呪文めく歌は、賢治得意の拍子の好例というだけでなく、拍子の反復によって抑制されている賢治の根源的な原始エネルギーのリズムの好例というべきだろう。そしてその拍子による抑制は原始エネルギーの開放でもある。

それは作品が作品だから、民話的題材だからだろう、という解釈の合理主義者には、囃子も歌謡もない、もはや賢治得意のユーモアの余地もない最もデスペレートな問題作、『銀河鉄道の夜』の例がよかろう。あそこでは生と死の幻想の哀しいまでの美しさと、賢治の激しい宗教的求道精神の織りなすイメージが人を魅きつけ、だからこそよく画面にもされて人気を呼んでいるが、実はあの絢爛《けんらん》たるイメージこそが賢治のいのちのリズムの脈拍なのだ。並みの散文には見られない視覚像の運動がリズムをとって転回していき、生から死へ、そしてまた生へと回帰し、前世まで巻きこんで輪廻《りんね》する。リズムは時間をともなう空間性として律動する。そして賢治半生の精神（生の意識と宗教）と、反精神ともいえる根源的な賢治の無意識の生命（それこそリズムの発源体）の競合、相克、そして調和が、賢治腐心の推敲過程であり、なお未完成の『銀河鉄道の夜』の実態なのである。いいかえれば、反生命としての精神（意志）と、反精神としての生命（根源）との劇を、私の比喩をもってすれば原始心性の古代人と、目ざめた現代人との相克を、あの類いまれなイメジャリーのリズムの持続と展開の中に読みとることができる。

例証に手間どったが、彼は私が「古代人」にたとえたくなるほど旺盛な原始心性の持主だった。誤解をおそれずいうなら、もともと浪曼的な、アモルフなエネルギーの保持者だった。そうした「古代人」には何も文学表現だけが唯一の生命解放の手段であろうはずはない。絵画でも舞踏でも音楽でもよい、あるいは私がさきに遠慮しながらあげた祈禱師以下のさまざまの方法もありえよう。それなのに彼は最も身近な手段として文学の方法を、たまたま短歌をきっかけとして選んだのである。皮肉にも最も拘束条件の高い、かつ多い文学を、メインの手段として選んだ。彼の生命のアモルフィズムを、そしてそのリズムを、やがて最も拘束したのは、しかし、制度としてのことばより、病魔より、「精神」であった。クラーゲスに従えばその精神の活動としての「拍手《タクト》」であり、なお賢治の生涯に即していうなら、やはり反生命としての宗教的意志であり、農村社会であった。

彼の有名なプログラム、「農民芸術概論」＝「農民芸術概論綱要」（A）、「農民芸術の興隆」（B）は、その「精神」によって書かれたものの典型であろう。私にはこの二つのメモの条々が、彼の無意識の「生命」を拘束する高い柵に見える。それでも時おり、柵の上から「生命」が顔をのぞかせていた。たとえば、

「芸術をもてあの灰いろの労働を燃せ」A
「神秘主義は絶えず新たに起るであらう」A
「無意識即から溢れるものでなければ多く無力か詐偽である」A
「なべての悩みをたきぎと燃やし　なべての心を心とせよ」A
「風とゆききし　雲からエネルギーをとれ」A
「動作は舞踊　音は天楽」A

「労働は古に遡るに従つて漸く非労働となる　如何にして労働が発展し来れるや　解し難きものあり」B

「蓋し原始人の労働はその形式及内容に於て全然遊戯と異らず　アフリカ土人」B

「労働は本能である　労働は常に苦痛ではない　労働は常に創造である」B

「創造は常に享楽である　人間を犠牲にして生産に仕ふるとき苦痛となる」B

「ここに求めんとするものは自ら鳴る天の楽」B

等々である。中でも「無意識即から溢れるものでなければ多く無力か詐偽である」の一条は、「生命」の律動としてのリズムの本質を奇しくもいい当てている。思いがけず無意識が意識されている。しかしながら、この二つのプログラムの条々は、近代社会に目ざめ、進化した「古代人」(「自我の意識は個人から集団社会宇宙と次第に進化する」A)が、みずからの「生命」の囲りをとりかこんで打込んでみせた柵であることにかわりはない。

すでにいったように、しかし、「精神」の柵をめぐらすことによって「生命」のリズムは律動をたかめ、屈折し、複雑化する。くりかえすが、彼が半天性、半生得として身につけた五音や七音の「形式」としての「拍子」を、そのまま「文体」や「リズム」と同一視してはならない。ただし、反復される「形式」としての「拍子」を、「形式」や「拍子」と感じさせない、いわばそれらをゼロにしている「文体」や「リズム」を、いいかえれば「拍子」がそのまま「リズム」となり、「形式」が「文体」となっている表現を、すぐれた価値あるものとして読みとることは、はなから両者を混同し、同一視するのとは、まったく別である。私たちは「拍子」だけの、一見調子のよい作品も多く知っている。たとえば、かつての新体詩の亜流的作品が好例である。それらと、同じく「拍子」にみちた次の詩を同一視できようか。

春はまだきの朱雲《あけ》を
アルペン農の汗に燃し
縄と菩提《マダ》樹皮《カ》にうちよそひ
風とひかりにちかひせり

繞る八谷に劈櫪の
いしぶみしげきおのづから
種山ケ原に燃ゆる火の
なかばは雲に鎖さるゝ――「種山ケ原」

そして、こうした詩の価値をいうとき、単に詩的才能や時代のちがいだけで片づけられようか。
なお、これはついでにいうことだが、賢治の文語詩は、どちらかといえば、これまで軽視され、あるいは敬遠されてきた傾向がある。その理由の一端は、おそらく「拍子」の古さに眩惑されてのことだと、私には思われる。「拍子」の裏がわの、そして奥の、「拍子」と「リズム」との劇を読んでいないからだと、私には思われる。そのことは、しかし、「拍子」のあらわな文語詩にかぎった問題ではない。

注

（1）クラーゲスの『リズムの本質』（松浦実訳、昭46、みすず書房）参照。私事ながら、私は筆跡に関する一書（『筆蹟の美学』昭57、東京書籍）をまとめる際、このドイツの筆跡学の一人者の業績を知ったのだが、ニィチェの衣鉢をつぐ、この在野の哲学者の表現論の論証は鋭く、説得力に富む。リズム論においてこんなに明晰な考察をした著書は、これまで皆無だったといってよい。ちなみにクラーゲスの邦訳には『性格学の基礎』（昭32、岩波書店）、『表現学の基礎理論』（昭39、勁草書房）、『生命と精神』（昭43、同）がある。なお小論は表題をはじめ、クラーゲスの前記論考に負うところが大きいことをことわっておく。

（2）a『文体序説』（昭42、新読書社）、b『文体論考』（昭50、冬樹社）、c『文体の軌跡』（昭61、沖積舎）参照。

（3）注2aの、Ⅵ「方法の実例――宮澤賢治の作品活動――」参照。

※本稿は「国文学　解釈と鑑賞」51－12（昭61・12）、『群像日本の作家12　宮沢賢治』（平成2、小学館）の再録です。

鎌田東二

分子の脱自

――宮沢賢治のトーテミズム、その墜落と飛行

1、トーテム1

宮沢賢治最晩年の小説に「疑獄元凶」と題する作品がある。ここには、元鉄道大臣小川平吉が疑獄により逮捕された時のことが書かれているのだが、奇怪なことに、その中に、「いつか向ふが人の分子を喪くしてゐる。皮を一枚脱いだのだ。小さな天狗のやうでもある。それから豺のトーテムだ。」という不思議な知覚の錯綜と存在変容のさまが描かれている。

それは検事と被告の小川平吉が向き合っている心の風景を描いてところなのだが、唐突に検事の「分子」が「喪く」なり、「天狗」のようになり、とどのつまり、「豹のトーテムだ」となる。実に神秘不可思議な光景で、検事室での取り調べの状況とはとても思えない。

この後、取調官の検事は、「頬が黄いろに光ってゐる。白い後光も出して来た。」と変貌する。宮

沢賢治は、「疑獄」事件の取り調べの真最中に当事者の小川平吉の視覚がこのような理解しがたい身心変容を引き起こすことをこともなげに書き記すのである。

一九三三年九月二十九日付「岩手日報」の「宮沢賢治氏追悼號」に、宮沢賢治の「遺稿」として全文掲載されたこの「疑獄元兇」が書かれた経緯は、次のようであったという。

宮沢賢治が死去する二週間ほど前の朝、「時事新報」が届いた。その一面に小川平吉らの「疑獄」の無罪判決の記事が大きく掲載されていた。宮沢家当主の宮沢政次郎はこの記事を例に挙げ、自分にしかわからないものではなく、大衆が読んでわかるものを書いたらどうかと賢治に言ったので、賢治はすぐに六枚ほどの原稿を書き、父に見せたが、政次郎はそれを読んで一言も言葉を発しなかった。

これを、悲しくなるような凄惨な風景と見るのは偏り過ぎだろうか？

だが、宮沢賢治の「絶筆」が、このような「大衆」的な作品であったことを、わたしは大変興味深く思う。それは、賢治の資質をある意味でもっともよく表していると思えるからだ。その時報道されていた一面記事から、すぐさまその記事中の人物の内面に浸入して、あっという間に「心象スケッチ」をものしてしまう。『春と修羅』などで、宮沢賢治が何度も「自動記述」のようにして書き上げた「心象スケッチ」が、今まさに生涯を閉じようとする最後の場面においていかんなく現われているのだ。そんな宮沢賢治の資質や業とすら言える特異な「自動性」をわたしたちはこの父子の確執が垣間見える場面から見て取ることができる。

父政次郎はこの短編を読んで何も言わなかったそうだが、「何も言えなかった」というのが実情ではないだろうか。読み始めていくらも読み進めないうちに、小川平吉が「いつか向ふが人の分子を喪くしてゐる。皮を一枚脱いだのだ。小さな天狗のやうでもある。それから豺のトーテムだ。」と感じてしまう場面を読まされたのだから。

「向ふが人の分子を喪く」すだって？「皮を一枚脱」ぐだって？「小さな天狗」？そりゃ、いったい、どういうことだ？そしてとどめに、「豺のトーテム」、である。

いったい、この変人息子は何を言いたいのだ？何を書いているのだ？わけがわからず、混乱していたのではないか？この文章のどこに、「大衆」がわかる世界があるのか？と。息子はやっぱりおかしい。ヘンだ。なんにもわかっちゃいない、と。

父の目の前でこのような作品をあっという間に書き上げて、それを臆面もなく見せることのできる宮沢賢治は天才的な「KY」（空気を読めないヤツ）ではないだろうか？あるいは、特異な「KY」（空気を読む人）ともいえる。

だがまさに、その「天才的なKY」であったからこそ、とてつもなく深い存在世界の深層にダイビングして、そこにある宝玉や澱みを浮かび上がらせ、その時空間に鳴り響いている声なき声を聴き取り、変換し、つなぎ、送り届けることができたのではなかったか？宮沢賢治は、たぶん、「大衆」的回路と「生命」的回路をつなぎ間違っていたのだ。宮沢賢治にとっての「大衆」とは、人間的な「一般人」ではなく、「生命的な一般者」ではなかったか？その「生命的な一般者」とは、地獄にある者、疑獄にある者から、「久遠実成の本仏」（法華経）までをつらぬく「分子」的なグラデーションをなしていたのであろう。

このような、人間が「分子」を失くして、「皮」を一枚脱ぐと、小さな「天狗」のようにも、「豺」にもなる、という変幻自在の夢の世界のような世界認識を賢治は持っていた。そしてそれが、存在世界の実相であり、生命実相であると考えていた。それはある面で、オーストラリアのアボリジニの「ドリームタイム」とも通じる世界認識回路であろう。「ドリームタイム」とは、生命創発の神話的旅の時間を指すが、それはまさしく宮沢賢治の『注文の多い料理店』の広告チラシの中の広告文そのものと言える。

広告文は宣言する。

「イーハトヴは一つの地名である。強て、その地点を求むるならばそれは、大小クラウスたちの耕してゐた、野原や、少女アリスが辿つた鏡の国と同じ世界の中、テーパンタール砂漠の遥かな北東、イヴン王国の遠い東と考へられる。

実にこれは著者の心象中に、この様な情景をもって実在したドリームランドとしての日本岩手県である。

そこでは、あらゆる事が可能である。人は一瞬にして氷雲の上に飛躍し大循環の風を従へて北に旅する事もあれば、赤い花杯の下を行く蟻と語ることもできる。

罪や、かなしみでさへそこでは聖くきれいにかゞやいてゐる。

深い海の森や、風や影、月見草や、不思議な都会、ベーリング市迄続く電柱の列、それはまことにあやしくも楽しい国土である。この童話集の一列は実に作者の心象スケッチの一部である。それは少年少女期の終り頃から、アドレッセンス中葉に対する一つの文学としての形式をとつてゐる。

この見地からその特色を数へるならば次の諸点に帰する。

（1）これは正しいもの、種子を有し、その美しい発芽を待つものである。而も決して既成の疲れた宗教や、道徳の残滓を色あせた仮面によつて純真な心意の所有者たちに欺き与へんとするものではない。

（2）これは新しい、よりよい世界の構成材料を提供しやうとはする。けれどもそれは全く、作者に未知な絶えざる驚異に値する世界自身の発展であって決して畸形に捏ねあげられた煤色のユートピアではない。

（3）これらは決して偽でも仮空でも窃盗でもない。多少の再度の内省と分析とはあつても、たしかにこの通りその時心象の中に現はれたものである。故にそれは、どんなに馬鹿げてゐても、難解でも必ず心の深部に於て万人の共通である。卑怯な成人たちに畢竟不可解な丈である。

（4）これは田園の新鮮な産物である。われらは田園の風と光との中からつやゝかな果実や、青い蔬菜と一諸にこれらの心象スケッチを世間に提供するものである。

注文の多い料理店はその十二巻のセリーズの中の第一冊で先づその古風な童話としての形式と地方色を以て編集したものであつて次の九編からなる。」

この後、『注文の多い料理店』に収められた「心象スケッチ」の「九編」、すなわち、「どんぐりと山猫」「狼森と笊森と盗森」「烏の北斗七星」「注文の多い料理店」「水仙月の四日」「山男の四月」「かしはばやしの夜」「月夜のでんしんばしら」「鹿踊りのはじまり」が解説される。

賢治によれば、これらの「心象スケッチ」は、「そこでは、あらゆる事が可能である」「実在したドリームランドとしての日本岩手県」、すなわち「まことにあやしくも楽しい国土」の出来事であり、「絶えざる驚異に値する世界自身の発展」にして「心の深部に於て万人の共通」の出来事である。だから、「卑怯な成人たちに畢竟不可解な丈」で、いずれはわかってもらえる「実在」の「ドリームランド」なのである。

だが、もっとも身近な血のつながりの濃い他者である父政次郎は、このような賢治の「心象スケッチ」を自分だけにしかわからない独りよがりな作品だと見做していた。それゆえに、もっと「大衆」にもわかる作品を書いたらどうだと迫ったのである。それに応えて、賢治は「豹のトーテム」の変貌を示したのだ。

この父と子の、相互の「実在」認識を賭けたいのちがけのやり取りには襟を正される。父も譲らず、息子も一歩も引かない。相互の「実在」観の壮絶な応酬。それをその場であますところなく目撃していた弟清六のダブルバインドなきわどい実存。

賢治が「心象スケッチ」するこの「ドリームランド」は、賢治の世界観の中では、「大衆」の「心の深部に於て万人の共通」であった。が、父政次郎の「心の深部」においてはどうであっただろうか？　残念ながら、賢治の死の間際にあっても、この葛藤深き父子においては「心の深部」で「共通」するものを『法華経』以外には見出し得なかったのかもしれない。

だが、実はその『法華経』こそが、このような「ドリームランド」を可能にする「実在」の根源であり認識根拠であった。宮沢賢治の「トーテム」感覚は法華経的な世界認識と連結することによって「実在」の「ドリームランド」でありえた。『法華経』「従地湧出品第十五」には、釈迦説法の際、娑婆の三千大千世界の大地が割れて、金色に輝き光明を発する如来相を体現した幾千万億の菩薩が湧出してきたさまが実にファンタスティックに記されているが、まさにそれは「あらゆる事が可能」な「ドリームランド」としての「実在」の光景そのものである。

宮沢賢治は、そのような「湧出」する「ドリームランド」としての「実在」の光景を確かに見たと主張する確信犯であり、その「湧出」の過程において「分子」は「ドリームタイム」のような自在なる喪失と転形を露わにするのだった。今生の最後の「絶筆」の中に、そのような「分子」の脱自を賢治は仕込んで見せたのだった。父政次郎は、そのような「分子」の喪失に呆れて我を失ったのだろうか？

2、トーテムとシャーマン

そもそも「トーテム」とはいったい何なのか？　「トーテム（totem）」の語はアメリカ合衆国やカナダに居住する先住民オジブワ族が用いていた言葉で、「自分の一族のもの」を意味する"oteteman"を元に、米国の政治家で民族学者であったエイブラハム・A・A・ギャラティン（Abraham Alfonse Albert Gallatin、一七六一―一八四九）が造語したものである。

このギャラティンは、トマス・ジェファーソンが一八〇一年に第三代米国大統領に就任すると財務長官に指名され、以後十三年間もの長きにわたって財務長官職を務めたが、一方で先住民研究を進めてアメリカ民族学会を設立し、一八二六年には『合衆国のインディアンの言語表（A Table of Indian Languages of the United States）』を、一八三六年には『北米インディアン部族の梗概（Synopsis of the Indian Tribes of North America）』を発表している。彼は言語学的研究によって南北アメリカ大陸の先住民が言語的にも文化的にも密接な関係があることを示し、彼らがユーラシア大陸を伝ってアジアから移住してきたと論じた。

「トーテム（totem）」とは、特定の集団と特定の神秘的な関係を持つ動植物を指す。たとえば、「我がクラン（家系・氏族）は、鷲（鷹・カラス・熊・狼・鹿・猪・虹蛇・カンガルー・ザリガニetc）である」などという信仰である。宗教学や人類学では、この「トーテム」を信仰対象として成立する原始宗教形態を「トーテミズム（totemism）」と呼ぶようになった。

この「トーテム」や「トーテミズム」については、イギリスの人類学者ジェームズ・J・フレーザー（George Frazer、一八五四―一九四一）が『金枝篇（The Golden Bough）』で、またフランスの社会学者エミール・デュルケム（Émile Durkheim、一八五八―一九一七）が『宗教形態の原始形態――オーストラリアにおけるトーテム体系（Les formes élémentaires de la vie religieuse: Le système totémique en Australie）』の中で詳細に論じた。

フレーザーの『金枝篇』は一八九〇年に二巻本の初版が出た後、何度も増補版が刊行されている。一九〇〇年には三巻本の第二版が、一九一一年に第三版が十一巻本がまとめられ、一九一四年には索引と文献目録が付加され、一九三六年に二巻の補遺がさらに付加されて併せて十三巻の大著となった。畢竟の大作であるが、その中でフレーザーは、「トーテム」とは「生命を託する容器」であるという説を紹介している。

それに対して、デュルケムは『宗教形態の原初形態』の中で、トーテムが「神と社会の象徴」であると指摘し、「トーテム」の持つ社会的統合の機能の分析はその後の宗教社会学の展開に大きな刺激となった。

このような十九世紀末から二十世紀初頭の西洋の人文科学の新しい動向は、東京帝国大学を先鋒とした近代日本の大学や学会などでいち早く輸入・紹介され、『太陽』や『白樺』や『改造』などの諸種の雑誌メディアで活発に紹介された。学問や文化の新しい潮流に人一倍の関心と鋭敏なアンテナを持っていた宮沢賢治は、これらの新学問の提示した新概念や新事例に興味を示し、それらをみずからの「心象スケッチ」の中に貪欲に取り込んだ。

たとえば、「トーテム」や「トーテミズム」と並ぶ宗教学や人類学における宗教的原初形態を示す「シャーマン」や「シャーマニズム」の語と概念を次のような「心象スケッッナ」の中に取り込んでいる。

すでに拙著『霊性の文学誌』（二〇〇四年）で指摘したことだが、宮沢賢治は一九二六年（大正十五年）四月六日付の「測候所」と題する「心象スケッチ」において、「シャーマン山の右肩が／にはかに雪で被はれました／うしろの方の高原も／をかしな雲がいつぱいで／なんだか非常に荒れて居ります／……凶作がたうとう来たな」と記し、同年八月八日付けの「おしまひは」で始まる「心象スケッチ」では、「おしまひは／シャーマン山の第七峰の別当が／錦と水晶の袈裟を着て／自分で出てきて諫めたさうだ／青い光霞の漂ひと翻る川の帯／その骨ぼったツングース型の赭い横顔」、同年九月五日付の「濃い雲が」で始まる「心象スケッチ」では、「濃い雲が二きれシャーマン山をかすめて行く／何を吐して行ったたって？）／（雷沢帰妹の三だとさ！）／向ふは寒く日が射して／蛇紋岩《サーペンティン》の青い鋸」と記している。

「シャーマン山」とか「ツングース型」とかの語から、宮沢賢治が「シャーマニズム（shamanism）」についても強い関心を抱いていたことがよくわかる。また「ツングース型」というのは、満州やシベリヤや極東などの北東アジアに拡がる諸民族を前提にしての表現であるから、北米先住民とも同系の諸民族・諸部族の宗教や文化や風習について最新の人類学的・宗教学的知識をもっていたこともうかがえる。そしてそれを単なる知識のストックとして保持しているのではなく、自身の存在感覚の中にいち早く接続して使用し関連させている。この貪欲でアヴァンギャルドな接続には驚くべきアナーキーさがあるように思う。

シャーマニズムとは「霊的世界（あの世）と現実世界（この世）を接続・媒介する宗教現象や信仰のことである。賢治はこうした「トーテム」や「シャーマン」を、「イーハトーヴ」という「ドリームランド」の「実在」として感得していた。

『春と修羅』（一九二三年）に収められた「小岩井農場　パート九」の中で、「さうです　農場のこのへんは／まったく不思議におもはれます／どうしてかわたくしはここらを／der heilige Punktと／呼びたいやうな気がします／この冬だつて／耕耘部まで用事で来て／こゝいらの匂のいゝふぶきのなかで／なにとはなしに／聖いこころもちがして／凍えさうになりながら／いつまでもいつまでも／いつたり来たりしてゐました」と、聖なる地点（der heilige Punkt）の所在を指摘していることも、賢治自身の原始宗教的な根源感覚をよく表しているといえよう。

宮沢賢治がこのような「心象スケッチ」を記していたのとほぼ同じ時期の一九二八年（昭和三年）に民俗学者の折口信夫は「神様と採物」と題する講義の中で、トーテミズムとは人間の「身体」に「まな（外来魂）」がやって来てくっつき、「仮の宿り」として「他のもの」に入ることもあるが、その「品物」が「その人間の部落にとってトーテム」になり、やがてそれが「生命の指標（ライフ・インデックスlife-index）」となると述べている（『折口信夫全集ノート篇』第六巻）。

このような当時の日本での最新の学説の形成過程を見ても、いかに宮沢賢治の直観とその表出が群を抜いて鋭敏で速かったたか、改めて驚かされるのである。

3、トーテム2

実は、宮沢賢治は、もう一つ、「トーテム」という表現を用いた作品を書いている。「会見」と題する「心象スケッチ」である。

この「会見」では、「逞しい頬骨」を持った「野武士の子孫」で「大きな自作の百姓」との会見が描かれている。そしてその「会見」において、相手がやはり「分子を喪くして」、今度は「鹿か何かのトーテム」に変貌する。

（お互じっと顔を見合せて立ってゐれば
だんだん向ふが人の分子を喪くしてくる
鹿か何かのトーテムのやうな感じもすれば
山伏上りの天狗のやうなところもある）

ここでも、互いに見つめ合う時間と関係が描かれる。その「視」の中で「分子」が喪くなり、「鹿か何かのトーテム」か、「山伏上りの天狗」であるかのように組み替えられる。このような分子的転形が「ドリームランド」では頻繁に起こるのである。その事態を、「人は一瞬にして氷雲の上に飛躍し大循環の風を従へて北に旅する事もあれば、赤い花杯の下を行く蟻と語ることもできる」と言うこともできる。

「会見」では、一方では、このような「ドリームランド」的なトーテム転換も起こるが、もう一方では、「ぜんたいいまの村なんて／借りられるだけ借りつくし／負担は年々増すばかり／二割やそこらの増収などで／誰もどうにもなるもんでない／無理をしたって却ってみんなだめなもんだ」というリアルな現実も見据えられ、その交錯の中で、「眼がさびしく愁へてゐる／なにもかもわかりきって、／そんなにさびしがられると／こっちもたゞもう青ぐらいばかり／じつにわれわれは／遠征につかれ切った二人の兵士のやうに／だまって雲とりんごの花をながめる」と、身動きの取れない事態が示されるのである。

宮沢賢治は夢見るロマンティストではない。そうではなく、未来の光景を視たリアリストの預言者なのだ。確かに「ドリームランド」の「実在」のその光景を視たために、彼はその「実在」に押し出され、促されて、「心象スケッチ」を語らざるをえなかった。ただそれだけ。

それをついに父政次郎は理解することはなかったであろう。父政次郎にとっては、目の前にある現実こそがリアルな現実に他ならなかった。「疑獄」は贈収賄であって、「分子」がどうだの、「トーテム」がどうだのというレトリックでも問題でもなかった。そんなたわいのない詩や童話のような夢物語で飯が食えるかと思ったであろう。「大衆」に必要なのは、現実を変える力であり、金であって、「ドリームランド」ではない。

だが、賢治は『注文の多い料理店』の「序」で、はっきりとこう宣言していた。

わたしたちは、氷砂糖をほしいくらいもたないでも、きれいにすきとおった風をたべ、桃いろのうつくしい朝の日光をのむことができます。

またわたくしは、はたけや森の中で、ひどいぼろぼろのきものが、いちばんすばらしいびろうどや羅紗や、宝石いりのきものに、かわっているのをたびたび見ました。

わたくしは、そういうきれいなたべものやきものをすきです。

これらのわたくしのおはなしは、みんな林や野はらや鉄道線路やらで、虹や月あかりからもらってきたのです。

ほんとうに、かしわばやしの青い夕方を、ひとりで通りかかったり、十一月の山の風のなかに、ふるえながら立ったりしますと、もうどうしてもこんな気がしてしかたないのです。ほんとうにもう、どうしてもこんなことがあるようでしかたないということを、わたくしはそのとおり書いたまでです。

ですから、これらのなかには、あなたのためになるところもあるでしょうし、ただそれっきりのところもあるでしょうが、わたくしには、そのみわけがよくつきません。なんのことだか、わけのわからないところもあるでしょうが、そんなところは、わたくしにもまた、わけがわからないのです。
　けれども、わたくしは、これらのちいさなものがたりの幾きれかが、おしまい、あなたのすきとおったほんとうのたべものになることを、どんなにねがうかわかりません。

「大正十二年十二月二十日」の日付の入ったこの「序」は、宮沢賢治の「視」と「聴」とその知覚の強度をあからさまに示している。賢治は断言する。「きれいにすきとおった風をたべ、桃いろのうつくしい朝の日光をのむことができ」る、と。「はたけや森の中で、ひどいぼろぼろのきものが、いちばんすばらしいびろうどや羅紗や、宝石いりのきものに、かわっているのをたびたび見」た、と。

　霞を食って生きている仙人かヨーガ行者ならいざ知らず、誰が、風を食べることができる、日光を飲むことができる、と体を張って言えるだろうか？　そんなことを言う輩は、現実を知らない夢見る子供か詩人のどちらかだ。父政次郎には、息子賢治の物言いがそのような子供や詩人の夢物語にしか見えなかったのではないだろうか。
　襤褸の着物は襤褸の着物、宝石は宝石である。襤褸の着物が宝石入りの美しい着物に変わることなど現実にはありえない。そうなるには、きちんとお金を出して、それを買わなければならない。AはAであって、Bではない。AがBになったり、Cになったりすることはありえない。「あらゆる事が可能」などというのは、現実を無視した夢想である。そのような夢見る人間は早晩人生の落伍者か敗残者になるほかない。政次郎はこの「ドリームランド」を信奉する長男には手を焼いていたのではあるまいか。

だが、賢治は、その「ドリームランド」の「光景」を視たと言い張る。「これらのわたくしのおはなしは、みんな林や野はらや鉄道線路やらで、虹や月あかりからもらってきた」、「ほんとうに、かしわばやしの青い夕方を、ひとりで通りかかったり、十一月の山の風のなかに、ふるえながら立ったりしますと、もうどうしてもこんな気がしてしかたない」、「ほんとうにもう、どうしてもこんなことがあるようでしかたないということを、わたくしはそのとおり書いたまで』と言い張るのだ。

しかも、「これらのなかには、あなたのためになるところもあるでしょうし、ただそれっきりのところもあるでしょうが、わたくしには、そのみわけがよくつきません。なんのことだか、わけのわからないところもあるでしょうが、そんなところは、わたくしにもまた、わけがわからないのです。」などと言う。独りよがりでも自分だけがわかっていると思っていたら、そうではなく、自分にもまた「わけがわからない」と言う。こんな不確かな非現実的な物言いのどこを、誰が、面白い、為になると思って読んでくれるのか。そんな読者は一人もいない。そう、リアリストの父政次郎には見えたであろう。

だが、息子の賢治も、もう一人の筋金入りのリアリスト（実在論者）であった。「ドリームランド」の「実在」を視、確信していたこの確信犯を改宗させることは困難であった。

宮沢賢治は、彼が確かに視た「ドリームランド」の「すきとおったほんとうのたべもの」をこの世界に届けようと、「分子」の脱自と転形を企てたいのちの革命家だった。

4、墜落する「瓔珞」

だが、あらゆる革命家が世界革命に挫折するように、この「ドリームランド」の革命家も挫折し、墜落した。

最後に、「一九二二、五、二一」の日付が入った冒頭の原稿が欠落した「堅い瓔珞はまっすぐに下に垂れます。」で始まる「心象スケッチ」を見てみよう。

堅い瓔珞はまっすぐに下に垂れます。
実にひらめきかゞやいてその生物は堕ちて来ます。

まことにこれらの天人たちの
水素よりももっと透明な
悲しみの叫びをいつかどこかで
あなたは聞きはしませんでしたか。
まっすぐに天を刺す氷の鎗の
その叫びをあなたはきっと聞いたでせう。

けれども堕ちるひとのことや
又溺れながらその苦い鹹水を
一心に呑みほさうとするひとたちの
はなしを聞いても今のあなたには
たゞある愚かな人たちのあはれなはなし
或は少しめづらしいことにだけ聞くでせう。

けれどもたゞさう考へたのと
ほんたうにその水を噛むときとは
まるっきりまるっきりちがひます。
それは全く熱いくらゐまで冷たく
味のないくらゐまで苦く
青黒さがすきとほるまでかなしいのです。

そこに堕ちた人たちはみな叫びます
わたくしがこの湖に堕ちたのだらうか

堕ちたといふことがあるのかと。
全くさうです、誰がはじめから信じませう。
それでもたうたう信ずるのです。
そして一さう悲しくなるのです。

こんなことを今あなたに云ったのは
あなたが堕ちないためにでなく
堕ちるために又泳ぎ切るためにです。
誰でもみんな見るのですし　また
いちばん強い人たちは願ひによって堕ち
次いで人人と一諸に飛騰しますから。

これはいったい何を語っているのか？　この「心象スケッチ」はいったい何の「スケッチ」なのか？

間違いなく、「ひらめきかゞやいて」「堕ちて来」る「生物」を賢治は視、「スケッチ」している。そして、この「瓔珞」を付けた「生物」である「天人」たちの「水素よりももっと透明な悲しみの叫び」を、「まっすぐに天を刺す氷の鎗のその叫び」を聴いている。

だが、たとえその「叫び」を聞いたとしても、多くはただ「愚かな人たちのあはれなはなし」とかちょっと珍しい話だと思うだけ。そして嘲笑したり、忘れたりするだけ。誰も本当には理解しない。すぐ思い過ごしだと思うだけ。

しかし、「溺れながらその苦い鹹水を一心に呑みほさうとするひとたち」が「その水を噛むとき」は、その水が「全く熱いくらゐまで冷たく、味のないくらゐまで苦く、青黒さがすきとほるまでかなしい」のだ。そして、その冷たく苦く透き通るまでに悲しい落下と「叫び」の中で、いつか気づいて「一そう悲しくなる」のだ。誰もが初めから信じはしないが、いつかは気づき、信じることになる。

けれども、それを視、確信している自分はそのことを話さなければならない、伝えなければならない。この苦界の「湖」に「堕ちるために又泳ぎ切るために」。この世界に墜落して来た者が、その苦の「湖」を「泳ぎ切る」ために、この「はなし」を伝え言うことが必要なのだ。そしてついには信じなかった誰もが、「たうたう信ずる」ようになり、誰もがみんな「見る」ことになるのである。

そのような苦の現実世界に、あえて「願ひによって」墜落し、落下してきた者たちがいる。そんな「いちばん強い人たち」は、地湧の菩薩であり、墜落する天人なのだろう。そして、彼らが墜落する「ドリームランド」の「実在」を視てきた自分も、そこに属する者である。そうである、と思う。いや、そうでありたい。そして、その「人たち」と共に、「人人と一緒に飛騰」していくこと、それがこの世における自分の仕事であると覚悟する。

「世界がぜんたい幸福にならないうちは個人の幸福はあり得ない」（『農民芸術概論綱要』「序論」）からだ。だから、「僕もうあんな大きな暗の中だってこわくない。きっとみんなのほんとうのさいはひをさがしに行く。どこまでもどこまでも僕たち一緒に進んで行かう。」（『銀河鉄道の夜』）と決意する。

だが、カムパネルラはいない。ジョバンニは孤独だ。独りだ。独りで行かねばならぬ。「堕ちるために又泳ぎ切るために」。

宮沢賢治が一貫して伝えているメッセージは、悲しいけれど、そのようなひとりぼっちの「独行」である。保阪嘉内と訣別し、最愛の妹としを喪い、「願ひ」と共に行ける人を失くした。その喪失の中であっても、しかしさらにその先まで歩まなければならない。ジョバンニが、グスコンブドリ（グスコーブドリ）が、一郎が、三郎が行かなければならないのは、そのような孤独な道行だ。

「あ、あすこ石炭袋だよ。そらの孔だよ。」カムパネルラが少しそっちを避けるやうにしながら天の川のひととこを指さしました。ジョバンニはそっちを見てまるでぎくっとしてしまひました。天の川の一とこに大きなまっくらな孔がどほんとあいてゐるのです。その底がどれほど深いかその奥に何があるかいくら眼をこすってのぞいてもなんにも見えずたゞ眼がしんしんと痛むのでした。

「そらの孔」を視てしまった者の孤独と使命。その「孔」から侵入してくる力に引きずられて生きていくしかない者、預言者の孤独とこの世での挫折。痛ましいが、どうすることもできない、身代わりの効かない一回性。

グスコンブドリはせっぱつまって言う。「どんな仕事でもいゝんです。とにかくほんたうに役に立つ仕事なら命も何もいりませんから働きたいんです。」と。そして、グスコンブドリは、火山島のカルボナードに独り入って行って火山の爆発を引き起こし、上昇気流によって炭酸ガスを広がらせて冷却するイーハトーヴを暖め、人々と環境の破滅を救ったのである。

グスコンブドリはこう言って、単身カルボナード島に渡ったのだった。「私にそれをやらせて下さい。私はきっとやります。そして私はその大循環の風になるのです。あの青ぞらのごみになるのです。」（「グスコンブドリの伝記」『校本宮沢賢治全集』第十巻）

その者たちの落下を視、「水素よりももっと透明な悲しみの叫び」を聴いてしまった者の墜落飛行を宮沢賢治の生涯と作品は痛々しくも透明な「大循環の風」のように発信している。その信じがたいまでの強度と透明さを持つ通信通風力は、あの「そらの孔」から吹いてくる木来風であるに違いない。

参考文献

鎌田東二『エッジの思想　翁童論Ⅲ』新曜社、二〇〇〇年

鎌田東二『宮沢賢治「銀河鉄道の夜」精読』岩波現代文庫、岩波書店、二〇〇一年
鎌田東二『霊性の文学誌』作品社、二〇〇五年（『霊性の文学　言霊の力』『霊性の文学　霊的人間』角川ソフィア文庫、角川学芸出版、二〇一〇年）

注記：本稿は、梅光学院大学の公開講座で行なった講演記録の再録ではなく、新たに書いたものです。

北川　透

「グスコーブドリの伝記」と三・一一東日本大震災

――あるいは宮沢賢治と法華経

一、〈それ以後〉の語り方

二〇一一年三月一一日、いわゆる〈三・一一東日本大震災〉から、三年が経ちました。この未曽有の大災害で被災した人、あるいは被災圏にいる人は、なお、〈三・一一〉の悪夢に苦しめられていることが伝えられています。今年の五月一一日現在で、身元不明の遺体が九四体ある、ということも、復興があまり進んでいないことや、福島原発の問題が解決していないということもあわせて、大震災が、まだ、決して過去になっていないことを示しています。

一方で遠く離れて情報や映像としてしか、大震災を経験しなかった人の間では、災害の記憶は風化し始めています。今後、両者の間の意識や記憶の落差は広がる一方ではないでしょうか。これは人間の記憶や経験というものの持つ自然であり、どうすることもできないことです。しかし、それとともに被災者の孤立や孤独、病いは深まらざるをえません。この人間的自然の不条理や残酷さに、本質的に関わることができるのは、文学や芸術しかないはずです。

では、文学や芸術は、今回の大災害に直面して、何をなしえたか、ということです。現実的な問題としては、被災地に差し出されるおにぎり一個、手袋一揃いの役にも立ちません。つまり、現実的な力としては、無効、無力ですが、しかし、それについてよく考え、よく語ることはできます。具体的に言えば、文学や芸術の役割は、いつもそうだというわけではありませんが、多くの場合、災害そのものも含めて、〈それ以後〉、つまり、afterwardをどう語るかというところにあるでしょう。

〈三・一一東日本大震災〉の後も、詩や小説、あるいはエッセー批評の形式は、多種多様ですが、それはさまざまに語られてきました。わたしの眼が及んだ範囲に限って言いますと、小説では、川上弘美『神様 2011』（講談社）、池澤夏樹『天を恨んだりはしない』（中央公論社）、評論では赤坂憲雄『3・11から考える「この国のかたち」東北学を再建する』（新潮選書）、詩集では和合亮一『詩の礫《つぶて》』（徳間書店）、『廃炉詩篇』（思潮社）、松浦寿輝『afterward』（思潮社）、野木京子『明るい日』（思潮社）、歌集では佐藤通雅『昔話《むがすこ》』（いりの舎）などがあります。実際はこの2倍、3倍、いやもっとあるでしょう。

ここにあげた範囲で見ると、そのすべては基本的にafterwardについて語っています。松浦さんの詩集『afterward』のなかの同名の作品「afterward」は副題に「2011・3・11」という大震災の日付けが入っていますが、その冒頭の二行は、《惨禍の一瞬がわたしたちの生を／「その前」と「その後」とに分断した》という明晰な認識が示されています。この作品の中頃には、《なぜなら「その後」をなおわたしたちは／生きつづけなければならないから／悲嘆も恐怖もこころの底に深く沈んで／今はそこで　固くこごっている》とも書かれています。この作品の初出は、「朝日新聞」二〇一一年三月二九日付け紙面ですから、大震災の直後といっていい時期に書かれた詩です。その時期ですから、〈三・一一〉の悲嘆や恐怖は、まだ、こころの奥底に沈んで固く凝っている状態で語りだすことができないけど、しかし、あの惨禍の一瞬から、わたしたちの生は〈その前〉と〈その後〉に分断されてしまった、というわけです。

ことばを失わせるような災害、事件、出来事が起ると、わたしたちは〈それ以後〉をどう生きるか、ということを課題にせざるをえません。そして、その沈黙、失語に触れるようなことばを語り出すことで、〈それ以後〉の世界を生きようとします。先にあげた小説や詩集はそういうあり方を示していますが、ここでは佐藤通雅歌集『昔話《むがすこ》』を一瞥しておくことにします。佐藤さんは、大震災の被災圏（仙台市）に住んでいる立場で、大震災〈以後〉を短歌の形式でうたっています。この歌集の「あとがき」には、《東日本大震災に遭遇した夜から、多作になった。ライフライン全てを失って、低体温症すれすれの日々を送りながら、「このいまを、ことばにしておかなければ」という衝動を覚え、しばらくは一日一〇～二〇首作りつづけた。》と書かれている。こういう衝動は、被災したか、あるいは被災圏に住んでいるライターなら、誰でもが持つものなのかも知れません。パソコンでツイッターに投稿していた和合亮一も、直後の三月十六日に《行き着くところは涙しかありません。私は作品を修羅のように書きたいと思います。》と書いています。彼のツイッターに寄せた一連の詩的メッセージは、一万人を超える沢山の読み手を獲得し、その勢いで、ほぼ三カ月後には、それらは『詩の礫《つぶて》』にまとめられて刊行され、大きな反響を呼びました。

和合さんの『詩の礫』が早い時期に本になったのに対して、佐藤さんが震災関連の歌集をまとめるのに、三年以上の歳月を要したことは注意した方がよいかも知れません。佐藤さんは後記にある「『昔話』覚書」で、その間の事情を次のように書いています。

《この間、被災圏にいるものとして、心に去来する問題はあまりにも多かった。しかし、世間から忘れ去られようとするころから、本当のたたかいははじまるという思いが、はじめからあった。現にそのとおりになり、瓦礫が消えていくころから、多くの人の心身は病みはじめた。私自身も例外ではない。歌に力があるとしたら、ここからのことだろう。》

被災地にあっても、時とともに瓦礫が片付けられ、大震災の記憶が風化しはじめます。被災地以外の世間ではもっと早く忘れられていきます。しかし、震災の苛酷な経験や記憶を抱え込み、なお、心の中の瓦礫とともに生きざるを得ない人々の病は、それに反比例して、いっそう昂じていく、いかざるをえません。佐藤さんのことばや歌は、そこにこそ内的なたたかいの根拠を見出しています。《歌に力がある》ことが信じられなければ、生れてこない発想でしょう。ここでは歌集の冒頭の歌数篇だけを紹介しておきます。

背も足も冷えて眠れず　ｈｅｌｐ！ｈｅｌｐ！応えくるるは余震のみにて
冷凍の肉《しし》のごとくに冷えきりし肩にてのひら当てて明け待つ
せつかく生き残ったのだから——とはいへど体に杭打つごとききこの寒

三月一一日の東北はまだ寒気が厳しい。電気が来ないから暖房は使えないし、余震の中で火を起すことは危険です。だから、たとえ生き残っても、ただ冷凍の肉のように、身体に杭を打たれるように厳寒に耐えるしかない状況、生き残っている者を死者に近づける、そんな状況がうたわれています。生きていても生きている感じがしない、ということは死者に対する感覚も麻痺している状態です。東日本大震災は、巨大地震が大津波をも伴ったがために、死者は驚くべき数に達しました。和合さんの『詩の礫』は二〇一一年五月二六日で記述が終っていますが、そこで記録されている死者行方不明者の総数は、一二四七一人だが、現在の公式発表では二一六一三人にまで増えています（総務省消防庁災害対策本部二〇一四年三月七日発表）。

わたしたちが大震災の〈それ以後〉を生きている以上、afterwardは、なお、わたしたちの表現の課題になり続けていくはずです。

二、「グスコーブドリの伝記」のモティーフ

きょうお話しする宮沢賢治の「グスコーブドリの伝記」(「児童文学」第二冊昭和七年三月十日刊)がいま読んで興味深いのは、これが〈それ以後〉を語っている童話だからではないでしょうか。この作品は、童話としては比較的長篇ですが、物語の構成がよく整備されているところに、未定稿の多い賢治の作品の中では、十分に推敲された決定稿としての性格が出ています。そのことはこの作品の成立過程を見れば、いっそう納得できます。まず、「グスコーブドリの伝記」(以下、「ブドリの伝記」と略称する)の原型とみなせる作品「ペンネンネンネンネン・ネネムの伝記」(以下、「ネネムの伝記」と略称する)が存在しています。これは『校本　宮沢賢治全集』第七巻の「校異」では、大正十一年頃に書かれている、と推定されています。それから九年後の昭和六年頃に書かれた、と思われる「グスコンブドリの伝記」(以下、「グスコンの伝記」と略称する)は、題名も「ブドリの伝記」と一字違うだけで、ほとんど完成稿に近い、最終的な草稿と見なしてよいものです。しかし、これから更に三分の一ほど削られ、それにともなう重要な変更部分も含んで「ブドリの伝記」は成立します。つまり、原型稿と見なせる「ネネムの伝記」から十年後に、その間、おそらく十分に推敲を重ね、さらに最終の草稿を練り直してでき上がった作品が「ブドリの伝記」ということになります。

もとより、「ブドリの伝記」は、賢治童話の代表作の一篇です。しかし、未定稿のまま残された「銀

河鉄道の夜」や「風の又三郎」、「セロ弾きのゴーシュ」などの文句のない代表作に比べて、後年の評価はいくらか低いのではないでしょうか。たとえば芹沢俊介は、《おそらく宮沢賢治の全作品のなかでも、もっとも退屈なもの（の一つ）であるというふうに思える》（「動機の発見――『グスコーブドリの伝記』」[1]と述べています。それにもかかわらず、芹沢さんはこの作品をブドリの〈動機〉をキーワードにして論じていますが、必ずしも否定的にだけ捉えているわけではありません。また、原子朗は全面的に肯定して論じながら、《書きこみの不足》という欠点をあげ、《幻想華麗で意味深長なプロットに富む「銀河鉄道の夜」とは対照的な、より現実的で此岸《しがん》的なこの童話は、もっとぜいたくに書かれるべきであった[2]》と不満を言わざるをえません。

賢治の童話の中で、これがいちばん退屈な作品に属するとは、わたしには思えません。初期形「ネネムの伝記」と「グスコンの伝記」を丁寧に比較し、「ブドリの伝記」を《成長教養童話》の性格において捉える、原さんの読み方は大変興味深いですが、省略が激しいので、もっと書きこめば、不満が解消するかどうかは、何かないものねだりをしている感じもあります。しかし、この作品が読む者にそういう印象を与える、弱さというか、限界を持っていること自体は否定しえないでしょう。わたしは、今度、これを改めて読み、これはたしかに「銀河鉄道の夜」や「風の又三郎」などの代表作を特色づけている、あのファンタジーが持つ透明な結晶度を欠いていることに、あらためて気づきました。しかし、それが作品としてマイナスかどうかです。賢治がここで抱いている強いモティーフは、童話の枠組みの一つである、ファンタジーからはみ出す性質のものではなかったのか、という疑問があるからです。

それはこれの初期形である「ネネムの伝記」の冒頭部分、ばけものの世界の大飢饉の話にすでに現れています。これの舞台は森の中のばけものの世界です。そこも冷害らしく、穀物が不作だし、栗の実も熟さないような飢饉が年を超えて続いて起り、ネネムとマミミの兄妹の父や母は、ふたりを置いて森から出ていってしまいます。そこでは父や母は天国に呼ばれていった、と書かれています。ふたりの兄妹は、寒さにがたがた震えていますが、そこへ目の鋭い男が来て、マミミだけを籠に入れて攫って行ってしまいます。なぜ、「ネネムの伝記」の世界が、ばけものとして設定されているのかは、いろんな解釈ができるでしょうが、賢治の目には冷害や飢饉に襲われている世界のすべてが、この世のものとは思えない、ばけものじみて見えていたのかもしれません。ネネムはばけものの世界で出世して世界裁判長になったりしますが、そこから《向ふ側》、つまり、人間の現実の側に出ちゃったものは、裁判で《出現罪》に問われます。ばけものの世界が正常で、現実の人間世界が彼岸であり、異常であるという転倒したファルスの世界観は面白いです。

十年後の「ブドリの伝記」では、ばけものの世界は消え、主人公もネネムからブドリへ代り、妹もマミミからネリに代わります。「ネネムの伝記」は破天荒というか、荒唐無稽な面白さがありますが、文学としての童話という点で賢治には満足がいかなかったのでしょう。それで九章仕立ての構成をもった童話に書き直されたと思われます。うまくまとまり、童話の枠組みのなかに収まっていますけれども、それはばけものの世界を消すということでもありました。「ネネムの伝記」の面白さは、ばけものという異次元が可能にする奔放な空想性にありましたから、それは希薄になりました。ただ、モティーフの根本は同じだ、と見ることができます。「ブドリの伝記」の最初の章、「一、森」の場面、それは「ネネムの伝記」の冒頭部分と重なりますが、そこに賢治のモティーフは、すでにかなり鮮明に浮き出ています。まず冒頭はイーハトーヴの森の中で、主人公ブドリが名高い木樵の父と母、そして妹のネリと平和で楽しく暮らす生活が描かれます。しかし、ブドリが十歳、ネリが七歳の時に、この森の生活に異変が起り、不吉な影が差してきます。

《その年《とし》は、お日《ひ》さまが春《はる》から変《へん》に白《しろ》くて、いつもなら雪《ゆき》がとけると間《ま》もなく、まつしろな花《はな》をつけるこぶしの樹《き》もまるで咲《さ》かず、五月《ぐわつ》になつてもたびたび霙《みぞれ》がぐしやぐしや降《ふ》り、七月《ぐわつ》の末《すゑ》になつても一向《いつこう》に暑《あつ》さが来《こ》ないために去年《きよねん》播《ま》いた麦《むぎ》も粒《つぶ》の入《はい》らない白《しろ》い穂《ほ》しかできず、大抵《たいてい》の果物《くだもの》も、花《はな》が咲《さ》いただけで落《お》ちてしまつたのでした。／そしてたうとう秋《あき》になりましたが、やつぱり栗《くり》の木《き》は青《あを》いからのいがばかりでしたし、みんなでふだんたべるいちばん大切《たいせつ》なオリザといふ穀物《こくもつ》も、一《ひと》つぶもできませんでした。野原《のはら》ではもうひどいさわぎになつてしまひました。／ブドリのお父《とう》さんもお母《かあ》さんも、たびたび薪《たきぎ》を野原《のはら》の方《ほう》へ持《も》つて行《い》つたり、冬《ふゆ》になつてからは何《なん》べんも巨《おほ》きな樹《き》を町《まち》へそりで運《はこ》んだりしたのでしたが、いつもがつかりしたやうにして、わずかの麦《むぎ》の粉《こ》などもつて帰《かへ》つてくるのでした。それでもどうにかその冬《ふゆ》は過《す》ぎて次《つぎ》の春《はる》になり、畑《はたけ》には大切《たいせつ》にしまつて置《を》いた種子《たね》も播《ま》かれましたが、その年《とし》もまたすつかり前《まへ》の年《とし》の通《とほ》りでした。そして秋《あき》になると、たうとうほんたうの飢饉《ききん》になつてしまひました。》（「一、森」）

賢治は岩手の花巻に生まれ育ちました。この地方の自然、風土、気候などを、彼が知り抜いていたことは、このわずかな部分を読んだだけでもよく分かります。彼が心を痛めていたのは、この地方の農村が冷害によって悲惨な飢饉に襲われることでした。その原因は、やませ（山背）という春から夏、秋にかけてオホーツク海気団から来る冷たく湿った北東風が、東北地方や北海道の太平洋側に吹きつけると、沿岸一帯の平野に濃霧が発生し、それが冷害の原因となります。賢治の生きた時代で言うと、昭和五年（一九三〇年）から六年にかけて、冷害による大凶作に見舞われました。昭和九年にも冷害によって、記録的な大凶作が起ったことが知られています。当時の農村の生活は稲作と繭の二つによって支えられていました。だから、冷害によって、この二つが不作となると、農村は、疲弊し、貧窮のどん底に陥ります。そこに児童の欠食、不登校さらに、女子の身売りなど深刻な社会問題が発生しました。これは昭和の大凶作として知られていることですが、東北地方は、古くから凶作や飢饉に苦しめられてきました。記録に残っていて、よく知られているのは天明（一七八一～八九年）の大飢饉です。

賢治はこの冷害による昭和の大凶作、農村の貧窮する実情を目の当たりに見て、これに心を痛め、それから抜け出す方策を巡らしますが、彼が大正十五年に設立した羅須地人協会等による農民運動などもその一つです。羅須地人協会は七か月で挫折しますが、そこで賢治は肥料設計等農業技術とともに、農民芸術を教えます。そこでの挫折が、童話の強いモティーフにもなったでしょう。「ブドリの伝記」が書かれた昭和七年三月と言えば、その前年の大凶作の直後ということになります。

つまり、昭和の大凶作以後、afterwardをどう生きるか、それは童話ではafterwardをどう語るか、ということでもあったわけです。しかも、東北において、冷害や凶作は繰り返されるわけですから、〈それ以後〉は〈それ以前〉に二重化し、〈それ以前〉は〈それ以後〉と二重化してしまいます。「ブドリの伝記」の先に引いた個所で言うと、二年続けて冷害で森の自然や畑の穀物、果物が、惨憺たる影響を受けている状態が描かれ、それが飢饉を呼び起こした、と語られています。

三、少年ブドリは〈それ以後〉をいかに生きたか

飢饉になって、ブドリの一家は、お父さんやお母さんが、右往左往して苦労しますが、遂に生活が成り立たなくなります。その冬は、《こならの実《み》や、葛《くず》やわらびの根《ね》や、木《き》の柔《やは》らかな皮《かは》やいろんなものをたべて》過ごすしかなかったのです。先の引用の所に、《みんなでふだんたべるいちばん大切《たいせつ》なオリザという穀物《こくもつ》も、一《ひと》つぶもできませんでした》とありますが、オリザというのはラテン語で稲のことですから、米は食べられない、麦も、黍《きび》（とうもろこし）も、つまり、穀物の類は全て食べられない、食べられるものと言えば、木の実や草の根や木のやわらかい皮だけだ、ということです。お父さんもお母さんも、《ひどい病気《びやうき》》のようになってしまい、まず、お父さんが森の奥の方に失踪し、次いでお母さんも二人の子供を置いて、家を出て行ってしまいます。親たちが、こどもを捨てたように見えますが、そうではありません。お母さんが家を出る前に《お前《まへ》たちはうちに居《ゐ》てあの戸棚《とだな》にある粉《こな》をふたりですこしづつたべなさい》というように、こどもだけでも生か

すために、あるだけの食べ物（そば粉《こ》やこならの実《み》）を残し、自分たちは死に場所を求めて森の奥に消えるのです。これは親にとっては、一家全滅を免れるための不可避の選択でした。

この事で思い出すのは、『グリム童話』の「ヘンゼルとグレーテル」の話です。こちらも大きな森の入口に住む、木樵の父とその母、男の子ヘンゼルと妹グレーテルの四人家族が登場し、彼らを日々のパンすら手に入らなくなる大飢饉が襲うという点で、「ネネムの伝記」や「ブドリの伝記」の冒頭部分のシチュエーションと全く同じです。ただ、違うところは、「グリム童話」の方は大飢饉の中で生きるために、親たちがふたりのこどもを捨てようとするのに対して、賢治の「ブドリの伝記」は、こどもたちが生き延びる食べ物を残すために、親たちがみずから死を選ぶところです。これはドイツと日本の親子関係や文化の違い、というようなことではないでしょう。

現在、岩波文庫で出ている金田喜一訳『完訳グリム童話集』は、大正十三年初版の改訳版ですが、その最初の版に収められている「ヘンゼルとグレーテル」を、たぶん、時期的に見て賢治は読んでいるのではないでしょうか。するとグリム童話に刺激を受けて書きながら、賢治はなぜ親がこどもを生かすために死ぬ話にしたのか、ということが問題になります。わたしはここに賢治の、あるいは賢治童話の宗教性、倫理性というものがあるのではないか、と思います。賢治が島地大等の『漢和対照　妙法蓮華経』を読んで異常な感銘を覚えたのは、大正三年八月のことですが、日蓮宗の国家主義の宗派、田中智学の国柱会に入会したのは、大正九年十二月でした。「ネネムの伝記」が書かれているのは、その前後ですから、彼の宗教性が、ここに反映している、と見ることもできます。

この問題は、最後にもう少し展開したい、と思います。

ともあれ、このような悲惨な話は、昔話ではない〈近代童話〉のテーマになじまないはずです。しかし、さっきの佐藤通雅さんのことばを借りれば、《このいまをことばにしておかなければ》という強い衝動によって、賢治はこれを書いています。〈それ以後〉はこれにとどまりません。両親がいなくなってから、二十日ほど過ぎてから、《籠《かご》をしよつた目《め》の鋭《するど》い男《をとこ》》が現れるからです。男は円い餅を振舞って、ふたりの警戒心を解いたかと思うと、妹のネリだけを籠の中に入れて逃げて行きます。むろん、これは飢饉を食い物にして生きる人攫いです。ネリだけを攫って行ったのは、女の子は高い値段で身売りできるからでしょう。むろん、賢治はそんな風に露骨には書かず、《そしてぷいっとネリを抱《だ》きあげて、せなかの籠《かご》へ入《い》れて、そのまま「おゝほいほい。おゝほいほい。」とどなりながら、風《かぜ》のやうに家《うち》を出《で》て行《い》きました。》とユーモラスに表現しています。ブドリは泣き叫んで追いかけますが、森のはずれでぶっ倒れると、意識を失ってしまいます。

ブドリが気がついて目を覚ました時、傍にいたのは《茶《ちや》いろなきのこしやつぽ》をかぶった男でした。ブドリは無理やり、〈てぐす〉を飼う仕事を手伝わされます。男は森も買いしめ、いつのまにかブドリの家には、《「イーハトーブてぐす工場《こうぢやう》」といふ看板《かんばん》》がかかっています。ブドリはこの男の命令に従うほかありません。〈てぐす〉は漢字では〈天蚕糸〉と書きますが、《山繭《やままゆ》蛾《が》の繭から採った光沢のある緑色を帯びた糸で、家蚕の糸よりも繊維が太く強度に富む》(『宮沢賢治語彙辞典』[3])ものです。わたしなどはこどもの頃、魚の釣り糸として愛用していましたが、和服地や帯地などに丈夫で美しい織物〈天蚕絨《てんさんじゅう》〉として用いられています。『ブドリの伝記』では、〈てぐす〉は〈てぐすいと（天蚕糸）〉を指すとともに《山繭蛾《やままゆが》》をも指しており、だから、《てぐすを飼《か》ふ》という言い方もなされています。櫟《くぬぎ》や楢《なら》の林に《山繭蛾《やままゆが》》はいますが、栗の木にいる栗毛虫（樟蚕《くすさん》）からも〈てぐす〉は採れるので、男はブドリに命じて森の栗の木に網をかける作業をやらせます。食べ物は男がくれるので、ブドリは木の上の、この危ない仕事に耐えて生き延びます。

やがて青白い虫が出てきて森中の栗の木の葉を食べ尽くし、黄色い繭を網の目にかけ始め、その繭から〈てぐすいと〉が採られます。《てぐす飼《か》いの男《をとこ》》が、鬼のような顔つきになって、一生懸命に糸を取る姿が描かれます。しかし、寒くなって来て、《てぐす飼《か》いの男《をとこ》》や手伝いの男が帰ってしまうと、ブドリは彼らが残していった十冊ばかりの本を読んで勉強し、その冬を一人で過ごします。翌年の春に、また、男は来ますが、作業を始めていると地震が起り、白い灰が降り、それは近くの火山の噴火だということが解ります。〈てぐす〉、つまり山繭の虫たちは死んでしまい、男たちは慌てふためいて、森から逃げ出してしまいます。ブドリも仕方なく〈野原〉の方に出て行きます。ここで驚くのは、冷害による凶作の〈それ以後〉の出来事である一家離散やブドリの試練は、新しい災害の地震と火山噴火の〈それ以前〉でもあったことです。〈それ以後〉と〈それ以前〉が、二重化した語りになっているのでした。

賢治は森に対置して〈野原〉を設定していますが、それは村落のこと、あるいは田園地帯と言っていいでしょう。ブドリがそこに向かうところから、「三、沼《ぬま》ばたけ」が始まります。《沼《ぬま》ばたけ》

というのも賢治の造語でしょうが、これは泥田のことだ、と思います。ブドリが村落に入ると、《鬚《ひげ》の赭《あか》い人《ひと》》とおじいさんが言い合いをしています。ブドリはこの《山師張《やましば》るときめた》〈赤鬚〉に頼み込んで、泥田での《馬《うま》の指竿《させ》とり》の仕事をさせてもらいます。それから毎日、ブドリは馬を使って田んぼの泥を掻き廻し、二十日後に《沼《ぬま》ばたけ》、つまり、泥田に《オリザの苗》を植えます。順調に作業も進み、苗も成長し出すのですが、オリザに病気が出ます。泥田に石油を流したりして、病気を殺すことを考えるのですが、結局うまくいかず、オリザを刈り取り、代りに蕎麦《そば》を播《ま》きます。そんなことをしていても、度々の寒さと旱魃のために農村は、どんどん疲弊していきます。〈赤鬚〉の所でも、遂にやっていけなくなって、ブドリはそこから出ていかざるをえません。

ここまでに描かれていることは、一つの災害の〈それ以後〉は、必ず、次の災害の〈それ以前〉となってしまう、言い換えれば冷害や旱魃、火山噴火、飢饉の無限連鎖というべきものです。ブドリは〈赤鬚〉の男の死んだ息子が残した本を読んで、このイーハトーブの風土を根本から変えなければ、自分も人々も生きていけないことにだんだん気づいていきます。その息子の本から、この風土の歴史を研究し、イーハトーブの市で学校を開いているクーポー博士の存在を知ります。ブドリは村から出て、汽車に乗り市に行き、クーポー博士の教えを受けます。

四、災害の連鎖に立ち向かうブドリ

そして、クーポー博士の学校の試験に合格し、博士の紹介で、イーハトーブ火山局に勤めることになりますが、ここにはいままでのブドリとは全く違うブドリが立っています。つまり、それまでのブドリは、森や村やイーハトーブの市の多くの人々と同じように、災害の連鎖に追いまくられているだけでした。しかし、いまや自分が獲得した科学の知識を武器にして、それに立ち向かっていこうとする、生まれ変わったブドリがそこにいます。このイーハトーブ火山局で初めて、本質的な意味で〈それ以後〉が課題になったのでした。まず、ブドリは、火山局でペンネンナーム老技師から、全ての器械の扱い方や観測の方法を教えてもらい、夜も昼もなく一心に働きます。こうしてブドリはイーハトーブの三百幾つかの火山の動きを掌握し、そのうち、七十幾つかの火山が噴火し、また五十幾つかの休火山が、瓦斯を吹いたり、熱いお湯を出していることを知ります。その中のサンムトリ火山の噴火が近い兆候が出ており、若し噴火すれば、北側の部分三分の一を跳ね飛ばして、溶岩が熱い灰や瓦斯と一緒にサンムトリ市に落ちてきて大変なことになるはずです。

この火山の噴火のモティーフの中には、天明年間の浅間山大噴火や東北地方の幾つかの活火山、有名なのは岩手山や蔵王山、明治二十一年（一八八八年）に噴火して大災害をもたらした、会津の磐梯山などが入っているでしょう。それはともかく、物語の中では、サンムトリ火山の爆発の危険を回避するために、山の海側にボーリングを入れて、傷口を作り、瓦斯を抜くか溶岩を出させるほかない、と考えられています。可能かどうかではなく、賢治の科学の知識と空想が合体して、そんな構想が生れているわけです。ペンネン技師とブドリは工作隊を出してそれをやり遂げますが、この装置を作るためには、潮汐発電所から電線を引くという作業が不可欠でした。

それから四年の間にクーボー博士の計画通り、潮汐発電所がイーハトーブの海岸沿いに二百も配置され、それによって、窒素肥料や硝酸アンモニアを、田畑に降らせることができるようにもなります。そして、五年の間は何もかもが順調に運び、幼い時に別れた妹とも会い、ブドリに楽しい幸せな生活が訪れます。しかし、ブドリが二十七歳の時、《あの恐《おそ》ろしい寒《さむ》い気候《きこう》がまた来《く》る》ことが、測候所で観測されます。そして五月に十日もみぞれが降ったりしますが、冷害による凶作の予兆があちこちに現れて、人々は怖ろしさに震え出します。クーボー博士とブドリは、カルボナード火山島を爆発させて、空気中の炭酸瓦斯の量を増やすことで、地球の気候を温暖化させるほかない、と考えます。そして、それを可能にするには、海沿いの潮汐発電所から電線を引き、火山を爆発させる装置を作ってきた技術によるほかありません。しかし、これには難問が一つありました。それは仕事をする工作隊の一人が、どうしてもそこに残らなければならない、ということです。ブドリはその最後の一人になることを志願します。カルボナード島に幾つものやぐらが建ち、電線が敷かれ、すべての仕事が完了した後、ブドリは一人島に残りました。次のような場面で、この物語は終ります。

《そしてその次《つぎ》の日《ひ》、イーハトーブの人《ひと》たちは、青《あを》ぞらが緑《みどり》いろに濁《にご》り、日《ひ》や月《つき》が銅《あかがね》いろになつたのを見《み》ました。けれどもそれから三四日《さんよつか》たちますと、気候《きこう》はぐんぐん暖《あたゝか》くなつてきて、その秋《あき》はほぼ普通《ふつう》の作柄《さくがら》になりました。そしてちやうど、このお話《はなし》のはじまりのやうになる筈《はづ》の、たくさんのブドリのお父《とう》さんやお母《かあ》さんは、たくさんのブドリやネリといつしよに、その冬《ふゆ》を暖《あたゝか》いたべも

のと、明《あか》るい薪《まき》で楽《たの》しく暮《くら》すことができたのでした。》（傍点は北川）

この結末は何かヘンではないでしょうか。この物語は初めにイーハトーブの大きな森のなかの名高い木《き》樵《きこり》の一家の、平和で幸福な日々の描写から始まっていました。そして、この最後の局面では、わざわざ《このお話《はなし》のはじまりのやうになる筈《はづ》の》という句が挿入されて、イーハトーブの人たちの幸せな生活が戻ったことが語られているのです。ここでブドリの父母も、ブドリやネリも、《たくさんの》という形容が冠されて複数化され、イーハトーブに住む人たち全部の象徴になっています。あたかもこれまでの災害の連鎖が、ブドリの自己犠牲をもいとわない崇高な献身によって、断ち切られたように、物語は円環をなして幸福から幸福へと完結します。〈それ以後〉が〈それ以前〉になる、あの賢治が『春と修羅』第四集のなかでうたった《そのまつくらな巨きなものを／おれはどうにも動かせない》という、その《巨きなもの》を動かそうとして動かせない、すぐれた語りの特質は、いったいどうなってしまったのでしょうか。この最後の大団円の結末は、そういう疑問を抱かせます。

それと内的に深く関連しているのは、最後のブドリの扱い方です。ブドリの静かな、しかし、敢然とした決意には、自分一人が犠牲になることによって、イーハトーブの市全部を救うという思想が語られています。しかし、地球を温暖化させるために、山を爆発させる計画に無理はないのか、そこでなぜ一人が山に残って犠牲にならなければならないのか、という物語としての細部の設定がほとんどできていません。工作隊全員が助かるのに、ブドリ一人が犠牲になる不可避性が見えてこないのです。危険な作業であり、隊員の誰かが犠牲になるかもしれないが、あくまで全員帰還する計画で、しかし、想定外のことが起ってブドリが戻ってこられなかった、というのではないのです。最初にブドリの犠牲ありき、という設定になっています。賢治はなぜ、こんな物語の作り方をしたのでしょうか。

わたしは先に、飢饉の中でブドリの親がこどもを生かすために死ぬ、という扱い方が、『グリム童話』の「ヘンゼルとグレーテル」のそれと違うということに触れ、そこには賢治の『法華経』信仰からくる宗教性の問題があるのではないか、という趣旨の疑問を述べました。それと同じことがここにも出ているのです。賢治は『法華経』の中心思想が述べられる「如来寿量品第十六」の部分に震撼された、と言われています。この普通は「寿量品」と略して呼ばれる部分を中心にして、その前の「従地涌出品第十五」の後半と、その後の「分別功徳品」の前半が、『法華経』の核心をなしています。むろん、ここではまず釈迦が久遠仏であることが説かれていますが、その中では絶えざる〈菩薩行〉こそが、如来（釈迦）の永遠性を明かすものである、と考えられています。

『法華経』における菩薩とは、如来になろうとして、つまり、悟りを得ようとして修行するとともに、現実の中に降りたち、仏の永遠性を社会に具現しようと実践する人のことです。そしてこの実践が〈菩薩行〉です。「常不軽菩薩品第二十」では、仏法が行われなくなった末世において、常不軽（常に軽蔑される）の男の〈菩薩行〉の典型例があげられています。この男は〈菩薩行〉を行うことで人々から悪口を浴びせられたり罵られたり、迫害されたりしますが、それに耐えしのびます。そして、自分を軽んじるものに対して、あなたたちは誰をも軽んじず、誰からも軽んじられてはならない、あなたたちこそが菩薩行を行って、如来つまり仏になる人たちだと説いて回りました。日蓮は『法華経』の《この不軽礼拝行をもって積極的・攻勢的な布教実践（折伏）の態度とした》（田村芳朗[4]）と言われています。ここに菩薩行の重視という『法華経』の宗教思想の特徴が現れています。言うまでもなく、この菩薩行において布教の使命を強調し、殉難や殉教の精神を説いたのが日蓮や日蓮宗です。『法華経』を信じて、日蓮宗の国柱会に入会していた賢治の生き方が、〈菩薩行〉の実践であり、また、ブドリの扱い方に、この不惜身命の〈焼身供養〉すら避けない〈菩薩行〉の考え方が反映するのも、また、自然だったのではないでしょうか。

これまで見てきたように、『ブドリの伝記』は歴史的に東北地方を襲ってきた災害の〈それ以後〉を、〈それ以前〉の二重性おいて語るという、すぐれて今日的なテーマを展開してきたのでした。しかし、だんだん結末に近づくにつれて、火山噴火を操作するアイデアによって、擬科学的な無理が目立ち始め、そして、遂に物語として不自然な自己犠牲のテーマが折り込まれることになりました。そこにはもともとこの物語にとっては外的な、賢治の『法華経』信仰からくる「菩薩行」の思想の反映を見ないわけにはいきません。それによって、「ブドリの伝記」は、大きく限界づけられてしまいました。文学と宗教（理念）との相克をどう考えるか。それは、賢治の多くの童話にとって、本質的なテーマですが、災害の連鎖を、〈それ以後〉として語るすぐれたモティーフをもつ「ブドリの伝記」においても、このテーマは避けられずに、内包されているのでした。

注

（1）『宮沢賢治の宇宙を歩く（角川選書）』（角川書店）。

（2）『鑑賞日本現代文学⑬宮沢賢治』（角川書店）

（3）原子朗編著『宮沢賢治語彙辞典』（東京書籍）

（4）『法華経』に関しては、田村芳朗著『法華経』、大角修訳・解説『法華経大全』（学研）を参照した。

＊「グスコーブドリの伝記」からの引用は『校本　宮澤賢治全集』（筑摩書房）第十一巻によった。

宮沢賢治の根底なる宗教性
――大乗起信論・如来寿量品・宇宙意志――

山根知子

はじめに

宮沢賢治の宗教性が、その一生のあいだで、どのように培われていったのかという道筋の解明を試みることは、賢治の作品の読解および人生の理解において極めて重要であろう。なぜなら、賢治が自ら心象スケッチと呼ぶ作品は、賢治の宗教性がおのずから投映された心象の現れだといえるからである。

では、賢治の一生を通じての宗教性を辿るとき、賢治の〈変わらず保たれた宗教性の根底なる流れ〉と〈時代のなかで変化した宗教性の流れ〉は、様々な経験を経ながらどのように交錯しつつ、賢治自身のどのような宗教性として形成されていったのだろうか。

本稿では、〈変わらず保たれた宗教性の根底なる流れ〉として、賢治の出会った大乗起信論から、法華経の如来寿量品、宇宙意志へと貫かれる宗教性が見られることを、〈時代のなかで変化した宗教性の流れ〉との関連をも見据えながら、検証していきたい。

一、仏教により培われゆく世界観

1 大乗起信論

賢治が、家の宗教である浄土真宗信仰を基盤にしながら、自立を図ろうとしている盛岡中学時代において、仏教の勉強を主体的に深め始めた最初期にあって、浄土真宗の僧侶であり、天台学の碩学である島地大等の講話を聴き、その教えに従っていった学びは、賢治の宗教性の根底を形作った経験として注目に値する。しかも、明治四四年八月において、賢治が島地大等の講話を聴いたと推定される二度の講話の内容が、いずれも大乗起信論であったことは看過できない。『新校本宮澤賢治全集』の「年譜」によると、その一度目は、明治四四年八月に、「四日より一〇日まで開催の大沢温泉の夏期講習会で島地大等の講話を五日以降聴いたと推定」され、「島地大等はこの時「大乗起信論」を講じた」ことがわかる。また、「以後賢治は度々大等の講話を聴く」とあり、二度目は八月一八日から一週間、島地大等が住職を務める願教寺にて盛岡仏教夏期講習会が開催されており、「毎朝五時から七時まで」「五百に近き聴衆[1]」が耳を傾けるなか、島地大等は講話「大乗起信論」を講じたことが確認されている。かつて島地大等は、明治三五年より印度・中国の仏蹟探査を担ったのち、帰国して比叡山および高野山での学道を進めるなかで大乗起信論をはじめとする幅広い諸蔵の研究をしていた。島地大等は、その後明治三七年より比叡山天台宗西部大学をはじめ、東京の曹洞宗大学、浄土宗立宗教大学、大崎日蓮宗大学、天台宗大学等、次々に仏教学界から講義を求められて大乗起信論等の講義を続けていた折に、盛岡願教寺での夏期講習会も重ねて開催しはじめ、この年の開催は四年目であった。この願教寺での島地大等の講話について、栗原敦氏は、「少なくともこの講話で、一般参加者向けとはいえ、「大乗起信論」についてかなり立ち入った講説を行ったことは間違いありません(2)」としている。賢治は、父と通い合う島地大等への信頼をもつなかで（大正元年〔一一月三日〕宮沢政次郎あて書簡［6］）、大乗起信論を基盤に、島地大等の幅広い仏教経典への導きに従っていったと考えられる。

この大乗起信論との出会いから、賢治は信仰におけるどのような方面に新たに踏み出したといえるだろうか。先の栗原氏の言及では、さらに賢治の使用した語彙に「唯識に通う語彙」があることや「法華経・日蓮の教学と共通するもの」としての「この後に彼が深めて行くことになる仏教信仰の、その基底のひとつをなす精神、いわば大乗仏教の精神とでもいうものの姿がこれを通じて確かめられた、といえるのではないか」（四三頁）との重要な指摘がなされているが、この詳しい検証はまだ充分になされていないと思われるので、ここでその点を探ることを試みたい。

そこで、大乗起信論の内容について賢治の理解を確認する際、島地大等が当時参照した可能性があり、賢治も読んだ可能性がある、明治期の代表的仏教学者村上専精の大乗起信論関係の著書のうちから、明治二四年一一月刊の『起信論達意』（哲学書院）を取りあげてみたい。同書では、「起信論の阿黎耶識」（阿黎耶識は阿頼耶識《あらやしき》に同じで、悟りの心と迷いの心が和合している人々の心…山根注）の説明として「相対中に絶待を包含するものとす」という意味が伝えられており、換言して「阿黎耶識は吾人各個差別的に現象し居れとも其差別的に現象する本体即真如を論すれは無差別なり」（五三頁）とも述べられ、実体と現象との二面性を発現する阿頼耶識のありかたが次のように説かれている。

夫れ真如は実体に名く生滅は現象に名けたり而して万有は其実体の点を論すれは平等、無象、不生滅、不変易、と云如き義理を具へたるものなり又万有は其現象の点を論すれは差別、有象、起滅、変易と云如き義理を具へたるものなり試みに此か図を設て見れは左の如し

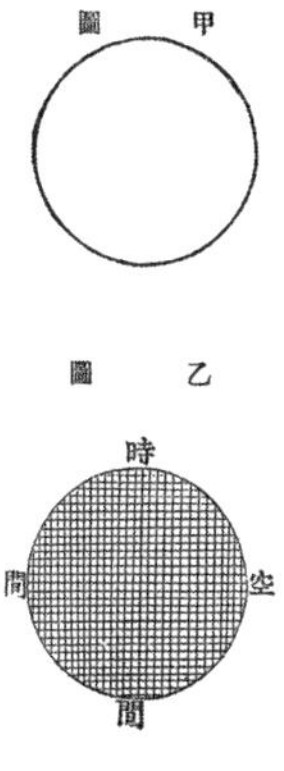

『起信論達意』（三七・三八頁）（原文の片仮名書きを平仮名に直した）（傍線筆者、以下同）

このように、真如は万有の第一原因としての実体（甲図）とし、諸法一切の現象はこの真如が時間的空間的に分節してあらわれた姿（乙図）として説かれている。

また、島地大等は、大正一〇年五月に刊行された『国訳大蔵経　論部　第五巻』（国民文庫刊行会）のなかの「大乗起信論開題」で「日本叡山の教学に起信論教義の交渉深き」（三三頁）ことを述べ、「国訳大乗起信論」の「心生滅とは、如来蔵に依るが故に、生滅の心有り。所謂、不生不滅と生滅を和合して、一にあらず、名けて阿黎耶識と為す。此の識に二種の義有り、能く一切の法を生ず」という箇所の注釈では、如来蔵と同義とされた阿黎耶識について、「阿黎耶識は、生滅と不生滅の和合したる非一非異の法なる故、浄も染もその中に包括せられ、発しては迷とも悟ともなるなり」と解説している。このように、島地大等は、法蔵の『起信論義記』によっても「如来蔵縁起宗」と呼ばれている『大乗起信論』がこのような如来蔵思想を生む原理を説いていることを説明し、万人の心に働くこの阿黎耶識における真如のありかたから、如来蔵思想の実感を賢治に伝えたことだろう。

賢治が、それまでの浄土真宗信仰の理解において、浄土と現世という二元的な世界の捉え方を有していたとすれば、このように島地大等によって示された大乗起信論による、人々の心に拠点を置いた一元的世界観は、大きな救いの基盤となり、その後の賢治の生涯の宗教観を貫き、迷いや葛藤を救う見方をもたらす宗教性として心に深く刻まれていったにちがいない(3)。

2　大乗起信論から如来寿量品へ

次に、賢治が島地大等の導きのなかで、大乗起信論との出会いを得たのちに、大正三年九月に発行された島地大等編『漢和対照　妙法蓮華経』を読んで異常な感動を得たといわれている点について、その感動の焦点ともなったであろう法華経が賢治のなかで大乗起信論とどのようにつながったかについて考えたい。

まず、この出会いの感動について証言している宮沢清六（『兄のトランク』一九八七年九月　筑摩書房）の言及は次のようである。

この本（＝『漢和対照　妙法蓮華経』：山根注）は前年から賢治が説教を聞いていた浄土真宗の島地大等の編輯したもので、その中の「如来寿量品」を読んだときに特に感動して、驚喜して身体がふるえて止まらなかったと言う。後年この感激をノートに「太陽昇る」とも書いている。以後賢治はこの経典を常に座右に置いて大切にし、生涯この経典から離れることはなかった。

（『兄のトランク』一三二頁）

このように如来寿量品に苦悩からの救いを見出した体験を経て、それまで「勝れない顔」だった賢治は「すっかり生まれ変わったような元気」（同）になったという。この頃の賢治にとって、心の救済への求めがいかに切実であったかがわかる。[4]

その後賢治は、盛岡高等農林に入った大正四年四月に、北山願教寺に島地大等を訪い、盛岡高農の自啓寮においても法華経を読経する姿を見せ、それから一年経た大正五年四月四日には、高橋秀松あて書簡［15］に「昨日大等さんのところへ行つて来ました」というように、法華経との出会い以後も島地大等のもとへ通い、さらに大乗起信論と法華経をめぐる学びと交流が進む期間を過ごしたといえる。

このような法華経と大乗起信論とのつながりについて考えるとき、まず法華経のなかで賢治が記載した箇所として最も頻度の高い「如来寿量品第十六」の次の箇所に注目したい。

衆生見劫尽　大火所焼時
我此土安穏　天人常充満
園林諸堂閣　種種宝荘厳
宝樹多華果　衆生所遊楽
諸天撃天鼓　常作衆伎楽
雨曼陀羅華　散仏及大衆
我浄土不毀　而衆見焼尽
憂怖諸苦悩　如是悉充満

衆生劫尽きて　大火に焼かるると見る時も
我が此の土は安穏にして　天人常に充満せり
園林諸の堂閣　種種の宝をもつて荘厳し
宝樹華果多くして　衆生の遊楽する所なり
諸天天鼓を撃ちて　常に衆の伎楽を作し
曼陀羅華を雨して　仏及び大衆に散ず
我が浄土は毀れざるに　而も衆は焼け尽きて
憂怖諸の苦悩　是の如き悉く充満せりと見る

（傍線部の言葉は、賢治の引用がみられる部分）

（島地大等『漢和対照　妙法蓮華経』国書刊行会　一九八七年九月　四二一七頁）

その後の賢治の生涯で、「如来寿量品第十六」のこの箇所を引用した書簡を拾い上げても、大正七年三月一三日保阪嘉内あて書簡［49］から、没年である昭和八年の一月一日付けの三通の年賀状（浅沼政規あて書簡［438］・菊池信一あて書簡［440］・藤島準八あて書簡［442b］）に至るまで、「如来寿量品第十六」のこの偈の部分は、生涯を通して大切に記し続けられていることから、賢治の人生を貫く宗教性の基盤としてあったことはまちがいない。

つまり、如来寿量品のこの箇所は、賢治がすでに捉えていた大乗起信論の世界観に対して、具体的なイメージの基盤を与えたという意味で、賢治の宗教性のなかでつながりあい、相乗的に深まりあっていったといえるのではないだろうか。

賢治の言及のなかで、この世で起きることが心の中の「現象」であり、一切の現象の当体つまり実体は妙法蓮華経であるという内容は、大正七年頃から頻繁に記される。まず、一月二三日父あて書簡［46］の「戦争とか病気とか学校も山も雪もみな均しき一心の現象に御座候」とあるのをはじめ、三月一三日保阪あて書簡［49］には、「静に自らの心をみつめませう。この中には下阿鼻より下有頂に至る一切の諸象を含み現在の世界とても又之に外ありません」と述べて、「如来寿量品第十六」の先の傍線箇所の引用がなされたうえで、「誠に私共は逃れて静に自巳《ママ》内界の摩訶不可思議な作用、又同じく内界の月や林や星や水やを楽しむ事ができたらこんな好い事はありません。（中略）退学も戦死もなんだ　みんな自分の中の現象ではないか　保阪嘉内もシベリアもみんな自分ではな

いか　あゝ至心に帰命し奉る妙法蓮華経」と記される。さらに、同年〔三月二〇日前後〕保阪あて書簡〔50〕では、次のように書かれている。

やがて私共が一切の現象を自巳《ママ》の中に抱蔵《ママ》する事ができる様になつたらその時こそは高く高く叫び起ち上り、誤れる哲学や御都合次第の道徳を何の苦もなく破つて行かうではありませんか。（中略）何とかして純な、真の人々を憐れむ心から総ての事をして行きたいものです。そうする事ばかりが又私共自身を救ふの道でせう。（中略）
至心に帰命し奉る万物最大幸福の根源妙法蓮華経（中略）一切現象の当体妙法蓮華経（中略）南無妙法蓮華経と一度叫ぶときには世界と我と共に不可思議の光に包まれるのです。

この「一切現象の当体」としての「妙法蓮華経」に帰依することで、賢治の心は、「十界百界諸共ニ成仏シ得ル事デセウ」（同年四月一八日成瀬金太郎あて書簡〔55〕）と、救いへの希望に導かれることが認識され、一方の「魔王波旬に支配されてゐる世界」（同年七月二五日保阪あて書簡〔83〕）という認識も、「私の世界に黒い河が速にながれ、沢山の死人と青い生きた人とがながれを下」る（同年〔一〇月一日〕保阪あて書簡〔89〕）という心象も感受されながら、「この乱れたこゝろはふと青いたひらな野原を思ひふっとやすらかになる」（大正八年〔八月二〇日前後〕保阪あて書簡〔154〕）という、如来寿量品のイメージとつながる心の転換によって、救いへと導かれたといえよう。

このように、賢治の大乗起信論による意識概念の構造についての見方は、如来寿量品のイメージへとつながり、賢治が、乱れた心をも安らかにできる救いの拠り所として定着してきたことが、さらに生涯にわたる信念となり、心象に映じ続けていったといえるだろう。

3　田中智学の日蓮主義へのつながり

そうした法華経への帰依から賢治が本格的に田中智学の日蓮主義へと傾倒する時期については、書簡の言及によると大正九年の夏頃からであると考えられるが、それまでの宗教性は、日蓮主義へとどのようにつながったといえるだろうか。この時期の賢治の書簡の言及では、まず大正九年七月二二日保阪嘉内あて書簡［166］の次の言葉がある。

九識心王大菩薩即チ世界唯一ノ大導師日蓮大上人ノ御前ニ捧ゲ奉リ（後略）

ここでは、日蓮について、「九識心王大菩薩」という認識を示している。「九識」とは、仏教における意識の段階で、天台教学では九識を最奥の仏の根本識としている。この九つの意識の段階について、田中智学が、「凡夫の心は、第六識已下」であり、「世間の心理学、哲学の如きも、みなこれ已上を知らないのである」と、心理学や哲学といった当時の西洋の学問にも比べものにならない深みを示していることは、仏教的心理学と西洋心理学の双方に通じていた賢治も共感したことであろう。そのうえで、田中智学の「若し人は何故に迷ひつゝあるか、この生死の苦を脱れ、煩悩を断じ、業作を免がれんとするにありて、六識已上が必要になる、故に大乗仏教では六識已上を主眼として大切に説くのである」(『日蓮主義教学大観』第二巻 七七九頁)という言葉は、まさに賢治にとって、これまでの大乗起信論および如来寿量品の教えに通じるものと捉えられ、さらに苦しみからの解脱を求めることのできる仏教の深層心理学において最根本の識である「九識」に、日蓮上人の力が働くという認識を得たのだといえる。

また、賢治が読んだことが確実である田中智学著『日蓮聖人の教義』(明治四三年三月一六日初版発行 大正一〇年九月一六日一八版 天業民報社)にも指摘がみられるように、田中智学の主張として、仏教のすべてはその「水源を法華経より発して」おり、「故に法華経を知るは、仏教のすべてを知るのである」(二一頁)と、法華経は仏教の源であることを説くとともに、「仏教経典中の大王たる法華経を本として、法華経の化身ともいふべき日蓮聖人によりて与へられた、『法華経の具体的発現』たる「本化妙宗」は、『仏教の正味であると共に、仏教のすべてである』といふことを知らねばならぬ」(一九頁)と、日蓮を「法華経の化身」と捉える。こうした点から、賢治にとってそれまで「一切現象の当体」を「妙法蓮華経」と捉えていたが、そこに「法華経の化身」である「日蓮大上人」が重なって強く意識されるようになったと思われる。

さらに、同書では、「天台が「九識」を立て、真浄識の実在を証せんとしたるものは法華経本門寿量品の本仏あるに鑑みたるものとす」(四三五頁)とあるように、田中智学は、如来寿量品を根拠にして、「九識」を真如の働く根本識だとしている。

また、大正九年一一月付け書簡［178］によると、賢治が保阪嘉内にも勧めた田中智學［述］山川智應［筆録］の著書『本化妙宗式目講義録』(5)（のちに『日蓮主義教学大観』と改題）では、前掲した如来寿量品の箇所について、次のように記される。

此のゆゑに本門でいへば、九界の衆生は、久遠実成せる本仏の娑婆世界に居乍ら、「衆生は劫尽きて大火に焼かると見」とあッて、迷のために苦を感ずるのであるが、実は九界の相のまゝ、仏界の体に即せるものぞといふのである。（『日蓮主義教学大観』第三巻　一一三八頁）

ここで、田中智学は、迷いの世界である九界に、救いの世界の仏界が立ち現れることを、先の如来寿量品の箇所から示しているといえる。

そのうえ、田中智学は、日蓮大聖人と「九識」との関係について、さらに詳しく次のように述べる。

これ即ち九識心王真如の都の活現体である、此識は最根本の清浄識である、菴摩羅識といひ天台は無分別智光といふ、此識即ち法界最根本の霊性である、天地法界を根本的霊的につゞめた無面積の霊覚心である、その功徳が発して本仏聖人ともなるのだ、最根本深妙の法性霊知《ママ》を九識心王とするのである、順逆ともに仏種を植えるといふ功徳は最根本の露骨なる法性功徳の力でなければならぬ、この九識の力でなければならぬ、大聖人の大折伏を受けて、その光明によツて信ずるものは、絶大の平和と幸福を得て法界に復帰し、謗るものまた元品の無明を動かして、九識の根本に響かすものは、その対境たる大聖人が、直ちにこれ九識心王の妙体、法性霊智の活現であらせられるからである、大折伏の教化に伏して、九識の感を生じて、九識の応を得るので、これを九識感応といふのだ、（後略）　（『日蓮主義教学大観』第三巻　一九一二頁）

このような「九識心王」の「妙体」として「日蓮大上人」の活現を認識した先の大正九年七月の書簡の後、賢治は国柱会信行部に入会し、同年〔一二月上旬〕保阪あて書簡〔178〕で、「絶対真理の法体　日蓮大聖人　（中略）妙法蓮華経如来　即ち寿量品の釈迦如来の眷属となることであります」、「「日蓮聖人の教義」「妙宗式目講義録」等は必ずあなたを感泣させるに相違ありません」と書いていることから、この時期までに両著書によって、田中智学の日蓮教学において、それまでの大乗起信論からはじまる法華経（如来寿量品）信仰の流れから、納得を得ているといえる。

こうして、大正一〇年一月に家出上京をした賢治は、三月一〇日の宮本友一あて書簡〔191の1〕で、「どの宗教でもおしまひは同じ処へ行くなんといふ事は断じてありません。間違った教による人はぐんぐん獣類にもなり魔の眷属にもなり地獄にも堕ちます」と書いている。ここには、田中智学の折伏の考えに心寄せた結果としての言葉が発せられていると解釈できよう。

この折伏の考え方について、明治三〇年二月に初版発行された田中智学の著書『宗門之維新』（天業民報社）においては、次のように説明されている。

> 純にして正しき「宗是」は折伏主義ならざるべからず、即ち『侵略的態度』ならざるべからず、是れ本宗の先天的宗是也、故に一切の宗門的施設は、咸この方針より割出したる組織ならざれば、宗門活動せざる也、教法に於ける儀軌作法は論なし、学門《ママ》教育も此に於てし、弘通伝道も此に於てす、制度亦然り、寺院の制、僧侶の制、信徒の規、財政の策、すべて悉く『侵略的』意義に組成せられ、『侵略的』方面に行動するを要す。
>
> （『宗門之維新』二三頁）（原文の片仮名書きを平仮名に直した）

このように折伏主義すなわち侵略的態度を徹底した田中智学の主張に対して、上京中の賢治は、追従を決意した一時期もあったことは確かである。しかし、それは長くは続かず、次に見ていくように、その後、自分の心に偽らない原点に立ち帰ることとなる。

4　辿り着いた仏教的心の世界

その後、大正一〇年の上京途中から、賢治の日蓮主義に対する信仰には変化があったとみられる。その契機として、まず四月に、賢治の狭く偏った宗教性を心配した父政次郎が賢治を関西旅行に誘い、比叡山に訪れたことが、賢治に広く大乗仏教の普遍的精神に立ち戻るべき原点への思いをかき立てさせたと察せられる。賢治は、延暦寺西塔にある、常行堂（念仏堂）と法華堂とが渡り廊下でつながっているにない堂からも、念仏と法華が一体であるという象徴的な意味合いを認めたと考えられるように、比叡山での本源的な天台学とそれにつながる自分のあるべき信仰の姿勢について気づきを得たと思われる。それは、賢治がこの旅で詠んだ短歌の「ねがはくは　妙法如来正偏知　大師のみ旨成らしめたまへ」という心に現れたように、伝教大師最澄の「み旨」の実現を願うことであり、賢治の人生においては大乗起信論と通底する法華経の精神に立ち戻ることであったといえよう。それは帰郷前の〔七月一三日〕関徳弥あて書簡〔195〕の「妙法蓮華経のあるが如くに総てをあらしめよ」という「妙法蓮華経」のなかに注がれた思いとなり、日蓮主義における侵略的態度に関する言及はすでに蔭を潜めている。

二、開かれてゆく宗教性と世界観

前述したように、家出上京中の前半期では、賢治は他宗教の間違った教えによって、人は地獄に堕ちると説いていた賢治であったが、七月一三日付け関徳弥あて書簡〔195〕では、「信仰は一向動揺しませんからご安心ねがひます。そんなら何の動揺かしばらく聞かずに置いて下さい」と書いている。これは、保阪嘉内日記帳の七月一八日の「宮沢賢治　面会来」を斜線で消した出来事に関係する可能性があろうが、賢治は八月一一日付け関徳弥あて書簡〔197〕の紙面裏に書いた戯曲「〔蒼冷と純黒〕」において、「あゝ俺は行きたいんだぞ。君と一諸に行きたいんだぞ」「俺等の心は、一緒に出会はう」「君の心はあの蒼びかりの空間を、まっしぐらに飛んで来て呉れ」「若し、僕が、君と同ん〔な〕じ神を戴くならば」と書いている。賢治が、一緒に行くことができない相手や心を共にしない別の存在に対して、心を一つにし、そこに同じ神を抱く願いを述べているのは、大乗起信論による真如の働きにおいて出あうことを認識していると考えられるが、その働きを仏教の枠を超えて「神」と表現しているのは、注目に値しよう。

この大正一〇年夏、トシが病気であるとの電報により花巻へ帰郷する頃には、八月二〇日の初稿執筆と推定される「竜と詩人」が書かれ、作品中には「そのときわたしは雲であり風であった そしておまへも雲であり風であった。詩人アルタがもしそのときに冥想すれば恐らく同じいうたをうたったであらう。」「あの歌こそはおまへのうたでまたわれわれの雲と風とを御する分のその精神のうたである」と、大乗起信論と九識論に通底する仏教心理学による、万人の深層心理で働く真如の働きに触れている。

また、同年秋には、「めくらぶだうと虹」（初稿）で、「まことの瞳でものを見る人は、人の王のさかえの極みをも、野の百合の一つにくらべやうとはしませんでした」という描写に、キリスト教の新約聖書の言葉（マタイ六章二八―三〇節）を反映させて、「私を連れて行って下さい」「いゝえ私はどこへも行きません。いつでもあなたのことを考へています。すべてまことのひかりのなかに、いっしょにすむ人は、いつでもいっしょに行くのです」と、真如の働きをキリスト教的に表現して、

「すべてまことのひかりのなかに、いっしょにすむ人」を分け隔てない万人としている。「まことの瞳でものを見る」とは、大乗起信論における、分節された世界に対して無分節の世界を重ねて見出す見方といえる。これをキリスト教の方面から説明していることの意義が認められる。

さらに、家出上京から戻る時期の宗教性の転換が見られる童話「烏の北斗七星」（大正一〇年一二月二一日初稿執筆推定）に注目して新たな宗教的視点からの読解を試みたい。

この作品については、田中智学が著書『宗門之維新』にて提唱した「宗設義勇艦隊[6]」に着目して宗教的視点から読み深めると、折伏に対する賢治のこの時期における考えが窺える作品であるといえよう。つまり、賢治の折伏をめぐる宗教的方向転換の思いと、排他的ではない宗教観へ向かおうとする思いへの兆しが注目されるのである。

まず、「烏の北斗七星」の「義勇艦隊」は、田中智学の同著によると、布教のための組織として構想された次のような「宗設義勇艦隊」からきていることが明白である。

> 宗設義勇艦隊を始めとし、尚帝国軍艦及定期航海船には常に宗費を以て毎航一人の布教師を配置して盛に船中布教を行ふべし、（後略）
>
> （『宗門之維新』八二頁）（原文の片仮名書きを平仮名に直した）

作品の烏の一羽一羽が義勇艦隊である設定の背後に、賢治がこうした布教師に相当する者として造形した要素があると理解して読むとき、作品の前半では、義勇艦隊の一員としての大尉は、その役目のもとで戦っているが、いよいよ戦いに臨む直前に、心境が次のように変化していることは看過できない。

じぶんもまたためいきをついて、そのうつくしい七つのマヂエルの星を仰ぎながら、あゝ、あしたの戦でわたくしが勝つことがいゝのか、山烏がかつのがいゝのかそれはわたくしにわかりません、たゞあなたのお考のとほりです、わたくしはわたくしにきまつたやうに力いつぱいたゝかひます、みんなみんなあなたのお考へのとほりですとしづかに祈つて居りました。

さらに、戦いに勝利したのちに、大尉は「（あゝ、マヂエル様、どうか憎むことのできない敵を殺さないでいゝやうに早くこの世界がなりますやうに、そのためならば、わたくしのからだなどは、何べん引き裂かれてもかまひません）」と願うようになる。

賢治は、大尉のこのような言葉によって、田中智学のもとで、実際の宗設義勇艦隊とみなされる信者としての自分が、折伏によって宗教的な侵略の精神による布教を自ら行おうとしていた信仰の姿勢から、疑問を抱きながら身を引き、世界全体の幸福のために、自分の体を使っていこうとする信仰の姿勢へと転換していく意志を示したといえるのではなかろうか。

そもそも賢治は、折伏について、大正七年〔七月一七日〕保阪あて書簡［78］で「我々は折伏を行ずるにはとてもとても小さいのです。ただ諸共に至心に自らの道を求めやうではありませんか」と述べる心性をもっていたが、大正一〇年の上京中には、折伏の実行に向かう姿勢をも見せていた。しかし、そこには、「鳥の北斗七星」の大尉にみられるような葛藤が生じており、帰郷後は、この作品を通して、対立を超える発想に立ち戻ろうとする方向に移行する思いが表明されるのである。

三、トシをめぐる成瀬仁蔵・帰一協会のユニテリアン的精神から宇宙意志へ

大正一一年一一月のトシの死以降、生前のトシの思想を想起して、賢治の宗教性が拓かれていった過程については、拙著『宮沢賢治　妹トシの拓いた道』（二〇〇三年九月　朝文社）において詳説した。そこでは、賢治は、トシが尊敬していた日本女子大学校創設者でありトシが受講した授業「実践倫理」を担当する当時の校長成瀬仁蔵による宗教的思想的影響を、トシの死後に改めて見出し、そこに普遍的な思想を確認したことから、賢治自身の宗教性に普遍性が開花したことを指摘した。その普遍的思想とは、キリスト教の元牧師であった成瀬が、最初の牧師時代には厳格なプロテスタンティズムに拠っていた信仰から、自由主義神学の立場をとるユニテリアンおよびその精神を汲んだ人々との出会いによって辿り着いた、宗派性にとらわれない理性的で寛容な姿勢のユニテリアン的宗教思想である。そうしたユニテリアンの思想を背景に、成瀬仁蔵の呼びかけによって、姉崎正治らとともに、諸宗教の共生をめざし、世界文明の共同の精神的基礎を作ることを目的とした思想団体として明治四五年に帰一協会が成立した。このような帰一協会の成果について、「識者階級の

間に故成瀬仁蔵氏、姉崎博士等の主唱の下に帰一協会の成立したることも非常に共鳴されたことであつた。蓋し帰一協会の成立はユニテリアン主義の実現と見なし得べきが故であつた」（内ヶ崎作三郎「マッコーレー博士を送る」『六合雑誌』第四七四号　大正九（一九二〇）年七月）と伝えられているように、賢治も成瀬の帰一協会をめぐってユニテリアンとの関係を察知していたのではないだろうか。

トシは日本女子大学校に在学中、そうした帰一思想を熱く語る成瀬の講義内容に触れており、「帰一」について「仏教では真如と云ひ、クリスト教では真理と云ひ、近頃の哲学者は之れを世界の意志と云ひ、希臘の哲学者は之れを真善美と云ふのである」（大正四年一二月二二日成瀬仁蔵『実践倫理講話筆記　大正四年度ノ部』[7]）との説明を聞き、また「タゴール氏の所謂 Oneness であり、エマソンの言ふ One mind であります」（大正五年九月一三日　成瀬仁蔵『実践倫理講話筆記　大正五・六年度ノ部』）と、賢治の関心を寄せるタゴールやエマーソンの言葉ともつなげての成瀬の思想を理解しているといえる。

特に、トシの在学中に来校したタゴールについて、成瀬が、「タゴールの宗教はブラマの系統である。けれども其の到達する所は各宗教の大なる調和、極致の帰一を理想として居る」（大正五年七月　成瀬仁蔵「タゴール氏と語りて」『家庭週報』第三七五号）と述べ、ある一つの宗教をもつことと、各宗教の調和をめざすことが、矛盾なく最も深いところで帰一している心性の実現を、タゴールに見出して示していることは、注目に値する。

賢治は、こうしてトシが成瀬の帰一思想に共鳴しつつ、キリスト教にも親しんでいったことを、トシの死後に思い返し、大正一二年八月のトシの死後の魂を追う旅で、「幾本かの小さな木片で／HELLと書きそれをLOVEとなほし／ひとつの十字架をたてることは／よくたれでもがやる技術なので／とし子がそれをならべたとき／わたくしはつめたくわらつた」(「オホーツク挽歌」)として、自らのトシに対する無理解を悔いているということが察せられる。賢治は、そこからトシが何を考えていたのかを追求しながら、トシが関心を寄せた成瀬の帰一思想やその背景となるユニテリアンの動きに目を向けていったと察せられる。

ここで、大正一二年頃の執筆と推定される童話「ビヂテリアン大祭」が、明治二六年にユニテリアンが主導した万国宗教会議[8]をモデルにして設定されていることは、この作品において賢治が宗教的普遍性を希求していた証左といえよう。[9] その希求の思いから、キリスト教と仏教が「キリスト教の精神は一言にして云はゞ神の愛であらう」「仏教の精神によるならば慈悲である」と言及され、「いづれの教理が深遠なるや見当も何もつくものではないのである」と表現される場面が書かれたのであるといえる。また、同年に十字架などキリスト教色が入れられた「銀河鉄道の夜」第一次稿が生まれ、大正一五年頃成立の第三次稿では、「みんながめいめいじぶんの神さまがほんたうの神さまだといふだらう、けれどもお互ほかの神さまを信じる人たちのしたことでも涙がこぼれるだらう」という記述が登場することから、賢治が宗教的枠組みを超えて普遍性を重視する思いを強くしていく過程が確認できる。

以上のように、賢治の思いのなかでは、世界が一つになる方向の宗教的発想は、かつて田中智学によっても世界統一という方向で示された思想であったが、そうした一つの宗教によって侵略されるものではなく、トシの死後の魂を追うなかで、開かれたキリスト教としてのユニテリアンの精神を知り、さらに諸宗教の寛容・調和をめざす動きや帰一思想による諸宗教を超えた世界のつながりへの動きについて共感しながら、自らの宗教性を拡げていったと考えられるのである。

その後、賢治の大正一二年以降の宗教性にも、大乗起信論と如来寿量品からくる世界観は保ち続けられて、この帰一思想によるユニテリアン精神から、拡大された宗教性へと発展してゆく。

まず、大正一二年頃の執筆であると推定される「インドラの網」では、如来寿量品の「天人常に充満せり」というイメージに似た天の空間に「たうとうまぎれ込んだ、人の世界のツェラ高原の空間から天の空間へふっとまぎれこんだのだ」という場面が登場し、「天の空間は私の感覚のすぐ隣りに居るらしい。（中略）きっと私はもう一度この高原で天の世界を感ずることができる」というように、大乗起信論の実体と現象との二面性を発現する阿頼耶識のありかたを実感的に捉えた主人公の思いが描かれる。

また、大正一二年一二月二〇日付けの『注文の多い料理店』「序」においても、「またわたくしは、はたけや森の中で、ひどいぼろぼろのきものが、いちばんすばらしいびらうどや羅紗や、宝石いりのきものにかはつてゐるのをたびたび見ました」という発想や「広告文」の「罪や、かなしみでさへそこでは聖くきれいにかゞやいてゐる」という救済の思想も、同様にマイナスに感じられる現象は、ひとたび見方を転ずれば、聖なる実体の様相として感じられるものであることを伝えているといえる。

さらに、大正一四年二月九日森佐一あて書簡〔200〕では、賢治はこれらのありのままの実感について、「或る心理学的な仕事の仕度に、正統な勉強の許されない間、境遇の許す限り、機会のある度毎に、いろいろな条件の下で書き取って置く、ほんの粗硬な心象のスケッチ」として使命感を感じて記録していることがわかる。ここでの「心理学的な仕事」とは、西洋の心理学の要素もあろうが、賢治のなかでは、日本に入ってきている当時の西洋の心理学についての知見を知ったうえで、それと引き比べながら、なお深い大乗起信論と法華経から得てきた仏教の心理世界を重視して実証したいと考え、その実証のためのデータとしての自らの心象スケッチを行っているのだという考えを述べていると考えられる。そうした宗教的要素があるからこそ、こうした心象スケッチが「歴史や宗教の位置を全く変換」するという成果を導こうとする発想につながってくるのであろう。

そうした宗教的基盤があってこそ、「苦痛を亨楽《ママ》できる人はほんたうの詩人です」（大正一四年九月二一日宮沢清六あて書簡〔212〕）と述べ、苦痛を享楽することのできる宗教性とそのイメージを心に持ち、心の改革が表現できることには、大乗起信論と如来寿量品に基づく本来の宗教的目的があるとして、自信をもった宣言がなされているのだと考えられる。

こうして、賢治は、大正一五年一月から三月まで、岩手国民高等学校の講義「農民芸術」として展開した内容をのちに「農民芸術概論綱要」にまとめ、「無意識〔部〕から溢れるものでなければ多く無力か詐偽である」という無意識への言及や、「なべて悩みをたきぎと燃やし　なべての心を心とせよ」という万人の心との真如によるつながり、および「個性の異る幾億の天才も併び立つべく斯て地面も天となる」という個性の共生と天の実現について、力強く述べる思いを横溢させているのである。

さらに賢治は昭和二年八月の日付けを持つ詩「野の師父」では、「かの法華経の寿量の品を／命をもって守らうとするものであります」と、如来寿量品への信仰を生涯貫く覚悟を述べたあと、昭和四年には小笠原露あて日付不明書簡〔252c　下書四〕にて、「あらゆる生物をほんたうの幸福に齎したいと考へてゐる」という「宇宙意志」の存在を考え、昭和五年〔一月二六日〕菊池信一あて書簡〔254〕では「南無妙法蓮華経と唱へることは」「あらゆる生物のまことの幸福をねがふ祈りのことばともなります」と述べて、宇宙意志と南無妙法蓮華経との重なりを示している。そのうえ昭和八年九月の臨終に際しては、遺言として国訳妙法蓮華経を一千部配ることを使命として依頼している。こうして大乗起信論と法華経の如来寿量品そして宇宙意志は、賢治のなかでつながり合い、最後まで〈変わらず保たれた宗教性の根底なる流れ〉となる信仰として深まり続けたといえよう。

おわりに

これまでみてきた賢治の宗教性の変遷の果てに、賢治は先の「個性の異る幾億の天才も併び立つべく斯て地面も天となる」という異なる個性の共存を示しているが、宗教においても、異なる宗教が互いを認め合いながら共に存立するという理想を目指したといえよう。それは、成瀬が「大いなる宇宙の意志と一つになって、私共が其の意志を意志するならば必ず之を感得し、之れを実現することが出来るのであります」（大正五年七月一六日成瀬仁蔵『実践倫理講話筆記　大正五・六年度ノ部』）と述べている「宇宙の意志」と同様に、賢治も前述した「あらゆる生物をほんたうの幸福に齎したいと考へてゐる」という「宇宙意志」の存在を考え、それは「宇宙には実に多くの意識の段階がありその最終のものはあらゆる迷誤をはなれてあらゆる生物を究竟の幸福にいたらしめやうとしてゐる」「宇宙意志」であるという認識に至っている。この宇宙意志は、ユニテリアンを宗教的背景とする成瀬の言葉と共鳴すると同時に、賢治が大乗起信論によって摑んだ仏教心理学の考え方、すなわち万人の心は、その最奥の第九識において真如すなわち仏心の発するものであるという考え方のもと、賢治は、「宇宙には実に多くの意識の段階がありその最終のものはあらゆる迷誤をはなれてあらゆる生物を究竟の幸福にいたらしめやうとしてゐる」「宇宙意志」を自分のなかで偽りなく実感できる、万人の心の底で通じ合う普遍的な信仰へと昇華させていったのである。

以上のように賢治が人生を通して摑んだ根底なる宗教性は、大乗起信論につながる如来寿量品の仏教的深層心理の世界に求められ、そこに普遍的に働きかける宇宙意志を感じつつ、苦しみからの心の救いと万人の幸せを切実に求め、自分の心に忠実に模索するなかで獲得されていった一連の流れを辿ることができる。そうした宗教性が投影された作品が賢治の目指す心象スケッチとして生み出されていったといえるのである。

注

（1）白井成允『伝記叢書129島地大等和上行実』一九九三年九月　大空社　二二一頁

（2）栗原敦「辞典・事典のこと　宮沢賢治の「大乗起信論」など」『賢治研究』第一〇七号二〇〇九年一〇月　四〇頁。一方、大乗起信論には触れられていないが、島地大等の影響については、新井野洋子「法華経と宮沢賢治」（『印度學仏教學研究』第四四号二巻　平成八年三月）において、「賢治の受容した法華経観の根底は、天台法華教学にありまた島地氏のそれに依るとみてよいだろうと思われる」と言及されている。

（3）山根知子「宮沢賢治と大乗起信論―「心象スケッチ」の基層にある仏教的深層心理の認識―」『論攷宮沢賢治』第十一号　二〇一三年一月　中四国宮沢賢治研究会

（4）ここで「前年から」とある、島地の説教を聞き始めた時期の問題については、本論で述べた通り明治四四年からと考える。

（5）大正六年　第三版　師子王文庫。その後、書名を『日蓮主義教学大観』（昭和三八・三九年真世界社）と変えて発行された。引用は本書による。

（6）田中智学の提唱した宗設義勇艦隊と「烏の北斗七星」における義勇艦隊との関連について指摘している論では、杉浦静「『烏の北斗七星』小考―草稿まで」（『国文学　解釈と鑑賞』第六六巻八号　至文堂　二〇〇一年八月）と大島丈志「宮沢賢治「烏の北斗七星」を読み直す―戦いと泪の視点より」（『賢治研究』九〇号　二〇〇三年五月　宮沢賢治研究会）がある。

（7）原文の片仮名書きを平仮名に直した。筆記録はすべて、日本女子大学成瀬記念館発行。

（8）万国宗教会議は、シカゴで開催されたコロンビア万国博覧会のイベントの一環として、一八九三年九月一一日から二七日まで、「宗教の調和、人類の連帯」を中心課題としてキリスト教徒諸派、ユダヤ教、ヒンズー教、イスラム教、仏教、神道、儒教、道教など世界各国の代表的宗教者たちが史上はじめて一堂に会した大会である。そのイデオロギーをリードしたのはユニテリアンであった。

（9）山根知子「宮澤賢治「ビヂテリアン大祭」と万国宗教会議およびユニテリアン――寛容と偏狭――」インド宮澤賢治国際学会報告集『宮澤賢治と共存共栄の概念：賢治作品の見直し』ネルー大学後学部日本研究学科　二〇一三年

※宮沢賢治の作品および書簡・資料の引用は、『新校本宮沢賢治全集』（筑摩書房）によった。

同時代に生きた宮澤賢治と金子みすゞの世界

木原豊美

はじめに

わが国の近代文学の泰斗である佐藤泰正先生の英断で、宮澤賢治と金子みすゞを共に語る機会を得た。賢治との出会いは、父の転勤で広島に転校した小学3年のときである。担任の竹内先生の朗読『風の又三郎』は、「どつどど　どどうど　どどうど　どどう〜」と、いきなりそれまでに聞いたこともない擬音とリズムで、たちまち私は不思議な世界にいざなわれた。はっきりと覚えている。気付けば今日まで、心がざわついたとき童話や、『注文の多い料理店』の序文を声にしては、青い透き通った風をいくつも頂いてきた。今も一番そばには、谷川雁の『賢治童話全集』6巻がある。

しかし、賢治について門外漢の私は、今回賢治研究者の語る賢治を学ぶことができた。そこで「童話」に的をおき、みすゞに共通する作品を絞り、あくまで賢治を中心に展開して次の留意点と、最後に二人の共通点・相違点も述べてみたい。

（一）賢治童話の評価と「私のおもい」
（二）宮澤賢治の意外性
（三）童話誕生のエピソード

宮澤賢治　明治二十九年（一八九六）八月二十七日〜昭和八年（一九三三）九月二十一日……37歳
金子みすゞ　明治三十六年（一九〇三）四月十一日〜昭和五年（一九三〇）三月十日……26歳

少年賢治と童話との出会い

賢治の生誕地・花巻は、岩手県の真ん中に位置し、奥羽山脈と北上山地に挟まれた町である。小学校3年の担任は、18歳の八木英三であった。先生は（マロ著・五来素川《ごらいそせん》訳）『未だ見ぬ親』などを読んで聞かせたが、賢治を捉えたのは『海の水はなぜ辛い』の民話であった。先生は週に3度子供たちに熱心に作文を書かせては、そのすべてに添削をして、子供たちを励まし続けた。この出会いは賢治の、文学への種まきだったことを裏付ける、八木自身の文章を紹介しよう。賢治没後に依頼にこたえて、「女性岩手」第九号に寄稿した「少年宮沢賢治」の一部分である。

「賢治君は「春と修羅」を書いた。それから間もなくのこと、汽車の中で偶然一緒になった。~その時の話に「私の詩は哲学的に、思想的に、また宗教的に考へたときに、非常に偉大なものだと自負してゐますが、思想の根底はすべて先生の童話から貰ったやうに思つて感謝してゐます。」といふ一言があつた。」

心象スケッチ『春と修羅』が刊行されたのは、大正十三年（一九二四）四月二十日、賢治27歳の春であった。それにしても、17、8年ぶりに偶然出会った八木に語った賢治のことば、「思想の根底はすべて先生の童話から~」には、いかに出会いが宝物であるかを物語っている。また自身の評価を率直に口にした相手が、八木であったことに注目したい。晩年、弟・清六には「おれの原稿はみんなおまえにやるからもしどこかの本屋で出したいといってきたら、どんな小さな本屋からでもいいから出版させてくれ。こなければばかまわないでくれ」といい、父・政次郎には「この原稿はわたくしの迷いの跡ですから、適当に処分してください」と言った。しかし母・イチには「この童話は、ありがたいほとけさんの教えを、いっしょうけんめいに書いたものだんすじゃ。だからいつかは、きっと、みんなでよろこんで読むようになるんですじゃ」と語っている。賢治にとって、恩師・八木と母・イチが、心のふるさとであったことが垣間見える。

「石ッコ賢さん」が、魅せられた岩手山

10才の頃から家族に「石ッコ賢さん」と呼ばれていた鉱物採集は、盛岡中学校へ進学すると熱中へと変化した。岩手公園や近くの山には、花巻では採取できなかった、「ひる石」・「滑石」があった。石を見ると人間誕生以前の大地が形成されたようすが解るので、興味は尽きなかった。時間ができると、珍しい石を求めて出歩く賢治を、同級生の安部孝氏は次のように述べている。

「中学一年生の頃、遠足や郊外散歩に出かける時の彼の腰には、かならず愛用の金槌が一ちょうたばさまれていた。彼の詩によくでてくる七つ森、南昌山、鞍掛山、その他盛岡近在の山や岡で、彼のこの金鎚の洗礼を受けていない所はほとんどあるまい。こうして方々から集められた岩石の標本が、彼の机の上や抽出しから押入れの中までいっぱいに埋めていた。中学一年生であれだけ石に興味を持てる子供は、古今東西を通じて、あまり類が無いかもしれない。」(「中学生の頃」「四次元」一〇〇号、昭和三十四年(一九五九))

賢治は舎監長で博物学の山形頼咸に引率されて、植物採集に岩手山(2038m)に初登頂したのは、中学2年の明治四十三年(一九一〇)六月、賢治13歳のことだった。岩手山は、盛岡の北西20キロにある成層火山型の美しい火山で、南部富士や岩手富士とも呼ばれている。山頂には4つのカルデラ湖が青々と水をたたえ、噴火でできた3キロにわたる焼き走り溶岩は、まるで鬼の牙のようにす

さまじい形相であった。岩手山の荘厳さと神秘さに、賢治は心をわしづかみされた。やがて時間を見つけては、土曜日の夜に一人で寮を抜け出し、翌朝は山頂で来光に身を包み、植物や鉱物を採集して帰ってきた。岩手山の虜になった賢治だからこそ表現したと思われる、生前未発表作品・童話「気のいい火山弾」を、紹介しよう。大正十年（一九二一）秋ごろの作品。

「気のいい火山弾」のあらすじ

ある死火山のすそ野にあるかしはの木の陰に「ベゴ」というあだ名の大きな黒い石が座っていた。ベゴ石はとても温厚で、仲間の石にからかわれてもいっぺんも怒ったことがなかった。そのうち、〈をみなへし〉やベゴ石の上に生えている苔までもが、ベゴ石を馬鹿にし始めた。ある日、向こうから背の高い四人の学者がやって来て、ベゴ石を大英博物館にもないような立派な火山弾の典型であると認めた。彼らはベゴ石を丁寧にむしろに包んで荷車に載せ、東京帝国大学校へ連れて行った。

「気のいい火山弾」についての研究者の評価——秋枝美保

*境　忠一　「自分のできること」をすることに、賢治は生き方の基準を見出している。それは、立身出世の官僚コースから外れた庶民のモラル。」と読み取った。

*平岡敏夫　「グスコーブドリの伝記」のブドリとベゴ石を対比させながら、「「青い青い向ふの野原の方」、もうひとつの異空間へと運び去られ、標本的生活を送ることになっ

てしまった」ベゴ石を思い浮かべ「死火山のすそ野の、あの「お空」の詩が示すような、「明るい楽しいところ」における「死んだベゴ石」の生活が問題」であり、賢治作品は「もう一度、異空間の世界に立ちもどって味わうべきもの」としている。

＊小沢敏郎
「最初から最後まで一ぺんも主体的な行動をとっていない」ベゴ石を第三者による価値の発見である。しかしその価値は第三者にとっての価値」とかなり厳しい見方をしている。

＊大塚常樹
「野原の役立たず、無用物とさげすまれる火山弾が、最後に「東京帝国大学校地質学教室」の教官という権威の登場によって、立派な標本とされてその価値が反転する」作品と捕らえた。

＊宮城一男
「この童話は正に地質学的作品、地質学の普及読み物に匹敵する」と地質学的見地からの読み方を提示している。

＊野乃宮紀子
「火山弾に付与されている一見デクノーボ的性格」を認めつつ「ベゴ石は最初から覚者』と見ている。

＊畑山　博
「東京帝国大学校地質学教室行」と書いた荷札をつけたベゴ石を出世といわず、堂々としている。後に脱皮していく作品の、これは〈自縛印〉かも。

＊秋枝美保
鶴見俊輔（昭和四十二年）、続橋達雄（昭和四十四年）の評価以来、デクノボウ

像を描いた童話として、「けん十公園林」と並べて論じる論文が現在に至るまで連綿と続いていると言って良い。～何より最後に「私共は、みんな、自分でできることをしなければなりません。」と、生きることの意味について述べ、自ら身をもってそれを実践していく姿はやはり、「ミンナニデクノボートヨバレ／ホメラレモセズ／クニモサレズ」というのに最も近いといえる。ベゴ石の境地を＊中野新治は「宗教的な悟りに近い境地」と見る読み方に共感する。また最後の東大の研究室行きについては＊工藤哲夫の詳細な考察があるが、実利的に働けないものの最後の行き場所が大学の研究室なのであり、一種のイロニーではあるまいか。それは「役に立つ」ということの意味を多様に拓いていく表現として力を持っていると考えられる。

一　賢治童話の評価と「私のおもい」

先生方の評価があるにもかかわらず、私が思わず立ち止まった箇所は、作品の終わりであった。無謀にも挑戦してみよう。なぜなら「べゴ石」が語りかけてきたからだ。その本文である。

「苔は、むしられて泣きました。火山弾はからだを、ていねいに、きれいな藁や、むしろに包まれながら、云ひました。

「みなさん、ながながお世話でした。苔さん、さよなら。さっきの歌を、あとで一ぺんでも、うたって下さい。私の行くところは、こゝのやうに明るい楽しいところではありません。けれども私共は、みんな、自分でできることをしなければなりません。さよなら。みなさん。」

「東京帝国大学校地質学教室行、」と書いた大きな札がつけられました。

そして、みんなは、「よいしょ、よいしょ。」と云ひながら包みを、荷馬車へのせました。

「さあ、よし、行かう。」

馬はプルルと鼻を一つ鳴らして、青い青い向ふの野原の方へ、歩き出しました。」

去っていくベゴ石は、野原のみんなに別れのことばをかけた。しかし固有名詞を挙げたのは、むしられて横たわっている苔であった。苔たちはベゴ石をさんざん馬鹿にして、囃子唄まで作った張本人。なぜベゴ石はその苔たちに、「さっきの歌を、あとで一ぺんでも、うたって下さい。」と、わざわざ声をかけたのか、私にはそれが気になった。ベゴ石の「歌」にこそ、賢治のメッセージが託され、その思いは一体どこからやってきたのだろうか…。次は「さっきの歌」である。

「お空《そら》、お空《そら》。お空のちゝは、
つめたい雨の ザァザザザ、
かしはのしづくトンテントン、

まっしろきりのポッシャントン。
お空。お空。お空のひかり。
おてんとさまは、カンカンカン。
月のあかりは、ツンツンツン、
ほしのひかりの、ピッカリコ。」

ベゴ石の歌は、リズミカルで愛と光に満ち溢れたものだった。そこにはやがて朽ち果ててしまう苔たちへの、ベゴ石の熱い思いが込められていた。むしられた苔たちは赤い頭巾をかぶったまま、胞子を飛ばすこともなく、突然起きた不幸を受け入れられず、ののしり、恨み、怒りに震えながら姿を消すのにちがいない。その前に歌えばきっと解るのだ。唄の中の誰が欠けても旨は誕生しなかったという、大切な気づき。小さな苔の命を育んだものは、実に壮大なものたちの作用であったこと、いつのときにも誰のそばにも彼らが寄り添っていることを、歌っているのだった。

作品の背景には、幼い賢治が寝付くとき、母・イチの語った「人といふものは、人のために、何かをするために生まれてくるのです。」ということばは、賢治の精神の中心に、根を下ろしていたことが窺える。作品が誕生した大正十年（一九二一）は、賢治が国柱会理事の高知尾智耀から諭され童話で表現する、法華文学へ踏み出したといわれる年でもあった。

わたしの「気のいい火山弾」とは

一見、デクノボウのベゴ石が、野原で自分にできる最初で最後の仕事として、「さっきの歌をうたってください。」と積極的に「苔」に働きかけた物語。それは苦しんでいる苔たちが、幸せな思いに包まれてこそ、ベゴ石もまた東大での仕事に、生きがいをみつことに繋がるものだった。

「気のいい火山弾」は、私たちに気付きを知らせている作品ではないだろうか。太古からいつのときにも、降り注いでいる、壮大なシンフォニーを奏でているものの存在。時に激しい雨音にさえ、心洗われる日があったことも忘れはしない。それは人間はもちろんのこと、この地球上のすべての生き物たちにささげられた、賢治の愛に溢れた子守唄であった、と思われる。

金子テルから金子みすゞへ

金子みすゞは本名を、金子テルという。大正十二年（一九二三）四月十四日、20歳になったテルは、かつて大都会であった下関に働きにやってきた。4年前に再婚してた、大店の母を頼ってのことだった。当時、すでに結婚適齢期を過ぎ女学校出身のテルは、上山文英堂の使用人の中では、異質な存在であった。しかもテルには、厳しい現実が待っていた。人前では母を「奥様」、一貫して弟を「坊ちゃん」と呼ぶ生活が始まったのだ。幼いころから本に、身を埋めていたテルである。もう一人の人格を持ったみすゞに変身して、日記を綴るように、15歳のころから慣れ親しんできた童謡を紡いでいった様子は、容易に推察できる。

みすゞのふるさと山口県は三方を、瀬戸内海、響灘、日本海に囲まれ、生誕地・長門市仙崎も、海にいだかれている。作品は「海」に関するものが多い。代表的な「お魚」は、大正十二年(一九二三)『童話』9月号に、彗星のごとく登場した詩人誕生の作品でもあった。みすゞを代表する「大漁」は、大正十三年(一九二四)『童話』3月号〈推薦の二〉に選ばれた。この2作品は、大正十五年(一九二六)『日本童謡集』に掲載され、童謡詩人会の会員に推挙された。日本を代表する会員の中で、女性としては与謝野晶子に次ぐ快挙であった。作品は、「みすゞの石たち」の中の二篇である。
濱の石

濱辺の石は玉のやう、
みんなまるくてすべつこい。

濱辺の石は飛《と》び魚か、
投げればさつと波を切る。

濱辺の石は唄うたひ、
波といちにち唄つてる。
石《いし》ころ

きのふは子供を
ころばせて
けふはお馬《うま》を
つまづかす。
あしたは誰《たれ》が
とほるやら。

田舎《ゐなか》のみちの

ひとつびとつの濱の石、
みんなかはいい石だけど、

濱辺の石は偉《えら》い石、
皆《みんな》して海をかかへてる。

石《いし》ころは
赤《あか》い夕日《ゆふひ》に
けろりかん。

「濱の石」・「石ころ」は、みすゞ20歳の大正十二年（１９２３）の作品である。「濱の石」もまた「皆《みんな》して海をかかへてる」デクノボウ。みすゞ以外には誰からも、「ホメラレモセズ　クニモサレズ」に海を抱えているのだ。「石ころ」の石は、なんともおおらかなユーモアに長けている。「石」への深いまなざしは、作品を通して私たちに、共感と共に温かい思いを運ぶ。日々に心を砕くテルは、みすゞが命を吹き込んだ世界で、どれだけ生きる大きな力を貰っていたことか。

文学作品の「石」たちと「津波石」

平成二十五年（二〇一三）三月、下関市立考古博物館で「被災した東北の文化財―3・11からの再生に向けて」が開催された。一枚のパネル「再び現れた津波石」の前に、思わず立ちすくむ私だった。40年前の道路工事で埋められ、その存在さえ地元でも忘れ去られようとしていた大きな石が、

3・11で再び姿を現したというものだった。しかも岩には「津波記念石」などの文字も刻まれているという。震災を機に今夏（二〇一四・八）で3度目の被災地岩手訪問の際に、現地の岩肌から書き取った文章は、次のものだった。「津波記念石　前方約二百米突吉浜川河口ニアリタル石ナルガ昭和八年三月三日ノ津波ニ際シ打上ゲラレタルモノナリ。重量八千貫（30トン）」。

人間も石もみんな、地球の仲間。賢治やみすゞが紡ぎだした愛すべき「ベゴ石」、「濱の石」、「石ころ」と、出現した「津波石」は、みんな兄弟で銀河のかけらだ。改めて文学の力を感じながら、「石たち」が自らの「意思」で動き出したことを、強く認識した。

二　宮澤賢治の意外性

私は「宮澤賢治」といえば、何もかも備わった天才だと思っていた。賢治を称すれば、農民・教師・宗教家・哲学者・天文学者・地質学者・物理学者・科学者・生物学者等さまざまだ。この天才賢治にも意外性があった。その手がかりは前記で紹介した、阿部孝氏の文章にあった。

「運動神経の鈍さにかけては、いつもクラスの筆頭であった彼は、軍人上がりの体操教師の格好なたぶりものであった。猫背で蟹股の彼の姿勢は、教練のたびごとに、罵詈《ばり》讒謗《ざんぼう》の的となった。鉄棒や木馬など器械体操の時間には、しょっちゅう彼はまるで猫ににらまれたねずみのようにおどおどしていた。野球庭球、柔道剣道、そのほかもろもろのスポーツ体育も、彼は一切縁がなかった。ボールを投げるときの彼の格好は、女の子そっくりだった。この体操教師は佐々木経三である。」

これほどまでに容赦のないことばを浴びせられるとは、意外性の何者でもなかった。驚きながらも、研究者の書籍に「体操が苦手」という裏づけを得た。

＊堀尾青史　賢治は体操が下手で、中でも鉄棒はまるで駄目でした。足上がりもできず、塩ザケのように、だらりとぶら下がるだけでした。

＊森　荘己池　賢治さんは、器械体操のときは、ただぶらっと、糸瓜《へちま》がぶら下がったように、釣り下がるだけで、いくらやっても、すっすっと、ほかの生徒のように上手くできませんでした。体操の佐々木先生は、大変元気な、やかましい先生でありましたから、賢治さんは、始めのうちは、うんと叱られたり励まされたりしました。一生懸命、顔が真っ赤になるほど頑張っても、どうしてもできない賢治さんでした。佐々木先生も、おしまいには、とうとう慰めるように「宮澤は、鉄棒の上を、一度も見ないで終わってしまうのかなあ」と、言いました。

三　童話誕生のエピソード

一冊の本との出会いは、賢治の隠されたエピソードを開いて見せた。それは前記の森荘已池の文章の先に潜んでいた。賢治は個人的なコンプレックスを、大勢の人の大きな笑いで吹き飛ばし作品へ変化《へんげ》させていた。つまり作品は「鉄棒は苦手」というモチーフに、エピソードをプラスして生まれたものだった。この童話は昔読んで以来、鉄棒が苦手な私の心に、しっかりと残っていた。エピソードの発見は等身大の賢治が、立ち上がってくる瞬間でもあった。なお序文には「この本は、童話でも小説でもありません。少しもかざったり、つくったりしないで、ほんとうのことを書いたのであります。」とある。かいつまんで著者を紹介しよう。

森荘已池（惣一）は、詩人・小説家・賢治研究家で、本名を森佐一という。二人の対面は、大正十四年（一九二五）三月、賢治が森宅を、訪ねたことから始まった。『春と修羅』に感動し、詩誌の発刊企画に賢治の詩と、同人費用3円の依頼をしてきた彼は、賢治を驚かせた。彼は11歳年下の盛岡中学5年生の後輩で、17歳の少年であった。出会いから賢治が亡くなる2週間前の、昭和八年九月七日まで、賢治から21通の手紙が送られ、親密な8年間であったことが推察できる。昭和十五年（一九四〇）芥川賞候補、昭和十九年（一九四四）直木賞受賞、平成六年（一九九四）第4回宮澤賢治賞受賞。平成十一年（一九九九）没、91歳の生涯であった。

エピソードの始まりは盛岡農林高等学校

父の計らいで賢治は盛岡中学校へ進学し、卒業することができた。しかし賢治は、家業の質屋にどうしても馴染めないばかりか、嫌悪感すら抱くようになった。次第に賢治は生気を失くして、家族を心配させた。見かねた父は盛岡農林高等学校への受験を許可した。賢治は生まれ変わったように勉学にいそしんだ。このころ島地大等編『漢和対照妙法蓮華経』を読み、異常な感動を受けた。大正四年（一九一五）賢治は、全国からの志願者数312名、合格者89名の主席で入学を果たした。エピソードは佐一だからこそ、賢治から直接聞いたものと推察できる。要約してみる。

校友会は学生から、運動会の新しい競技を募集した。賢治は器械体操の鉄棒へ、ただぶら下がって最後までがんばって我慢した人が、晴れの栄冠に浴するという競技・「鉄棒ぶら下がり競争」を書いた。これが採用されてそのおどけた競技は、運動会の会場を笑いの渦に巻き込んだ。ところが、次の春の盛岡中学校の運動会で、全く同じ競技が「忍耐競争」と銘打って、プログラムに印刷されていた。これは高等農林の運動会を見た中学生が、愉快さに感動して取り入れたのだろう。また、賢治を叱咤激励した佐々木先生は、この奇妙な発案者が、賢治であるとすぐに得心したことだろうと、いうものである。賢治はこの競技を、「けだもの運動会」という童話にのこした。未完成作品で執筆時期は不明だが、研究者は大正十年（一九二一）十一月と推測する。

「けだもの運動会」のあらすじ

獅子が中心になり「けだもの運動会」の、競技が話し合われている。「小さいもの」たちの意見は否定され、虎、象などの大きな動物に意見が求められる。虎が出した「引き裂き競争」は、皆の顰蹙をかい、獅子は立腹する。一方象が「鉄棒ぶら下がり競争」を提案。それは、腕の強弱と体格の大小が差し引きされて平等に競争になるして、獅子の賛意を勝ち取る。その競技を行うと、大きなけだものたちが先に落ち、猿・麒麟・馬。羊、と落ちていく。

「けだもの運動会」について研究者の評価

＊青木美保　けだものたちを平等に評価する方法とは、どのようなものなのかを考察したもの。「競争」は、「どんぐりと山猫」にも描かれた重要なテーマである。

＊小埜祐二　ある予想のもと強者は、あらかじめ自分の有利なようにことを運んでいく。狐や虎の自己中心性以上に、獅子の権威欲をはじめ自己保身の術に長けた強者の倫理、慢の心が際立った作品となっている。

＊畑山　博　断片というには惜しい、在る鋭い切り口がここには覗いている。

作品の背景

「けだもの運動会」は、盛岡中学時代の賢治と切り離しては考えられない。獅子は実際には、大声を出すだけの佐々木先生。なぜなら4年の賢治が黒幕であったとされる、「舎監排斥事件」は、佐々木先生舎監退任への反対も、含まれていたからだ。象は賢治の親友で、故人となった藤原健次郎。彼は宿舎で同室の一学年先輩の野球選手。ライトを守る四番バッターの彼が、腸チフスで亡くなったのは、明治四十三年（一九一〇）九月。亡くなる10日前に、健次郎に当てた見舞状がある。家族も知らない親友にだけ見せた、14歳の少年賢治の悪戯と、健次郎のニックネーム「大仏さん」・「エレハント」。作品の背景には忘れることのできない面影が、ちりばめられている。

わたしの「けだもの運動会」とは

保身の心は強者のみならず、人間誰もが持ち合わせ、「競争」はあらゆる時代の、あらゆる世界に存在している。いくら努力しても、不得手を得手にすることはできなかった賢治が、どうしようもない、ありのままの自分の姿を受け止めたとき、突き抜けた知恵が閃いたのだった。「けだもの運動会」は、実際に苦しみぬいた賢治が得た、大きなユーモアに富んだ作品だ。今も私たちは、不条理な競争社会の中で生き続けている。作品は時空を越えて問う「人間の生き方」そのものである。

金子みすゞ

みすゞの「運動会」に関する、2篇の作品を紹介しよう。

駆けつこ

駆けつこするたびに、
きつとちらりと目にうかぶ、
濃いむらさきの旗の色。

よその学校《がくこ》の運動場
よその子供とならんでて、
わくわくしてて、走つてて、
ころんだときに、ちらと見た、
うちの学校の旗の色。

駆けつこをするたびに、
きつとちらりと目にうかぶ。

達磨《だるま》おくり

白勝つた、
白勝つた。
揃つて手をあげ
「ばんざあい」
だまつてる
赤組よ、
秋のお晝の
日の光り、
土によごれて、ころがつて、
赤いだるまが照られてる。

も一つと
先生が云ふので
「ばんざあい。」
すこし小声《こごえ》になりました。

「駆けっこ」は運動が苦手なテルが、いつまでも抱えていた苦い思い出を詠った作品のようだ。「達磨《だるま》おくり」には、勝利者といえどもやさしい思いやりを持った子供たちと、先生との対比が絶妙。勝っても負けても子供たちと、汚れて転がったままの達磨に、寄り添うみすゞがいる。ここでもまた、「競争」に戸惑っているみすゞがみえる。

賢治とみすゞの共通点

＊2011・3・11の東日本大震災後、テレビやラジオの番組が自粛される中、逸早く日本中を駆け巡ったのは、賢治の「雨ニモマケズ」と、みすゞの「こだまでせうか」であった。

＊賢治とみすゞの童話・童謡の世界では、「生きとし生けるもの」は全て対等である。海の底から土の中、空の果てから見えない世界へと、共に注いだ視線は、深く愛情に溢れている。

＊賢治は大変な読書家であったが、みすゞは「金子書林屋」の、本の中で育った子供であった。

＊宮澤家は、賢治が生まれた200年前に亡くなった、熱心な浄土真宗門徒・藤井将監《しょうげん》を始祖とする、信仰に生きた家族の中で育った。みすゞのふるさと仙崎は漁業が中心であった。「板子一枚下は地獄」という、風土が持つ場の力は、信仰心に溢れ、その中でみすゞは育った。

＊賢治は大正十年（一九二一）『愛国婦人』9月号に、童謡「あまの川」を発表。同じモチーフをみすゞは、大正十二年（一九二三）「お乳の川」詩作。（共に「天の川」を、扱った作品は多数）

＊賢治は大正十三年（一九二四）四月、『春と修羅』を刊行。添付した「心象スケッチ」ということばは、大正八年（一九一九）の西條八十・処女詩集『砂金』自序から影響を受けたとも。（賢治の口語詩「会食」には、八十の「柚の林」・「柚の実」）西條八十は、みすゞの師。

＊賢治は大正十三年（一九二四）十二月、『注文の多い料理店』を刊行し、翌年（一九二五）の『赤い鳥』1月号に、その広告文が掲載された。同号にみすゞの「入船出船」、長門地方の「手まり唄」。

＊賢治の膨大な作品や書状などが今に在るのは、弟・宮沢清六氏の存在である。みすゞもまた、半世紀にわたり弟・上山正祐氏が遺稿集である手帳を保管していたからである。

＊賢治・みすゞ共に、作品には仏教・キリスト教の影響がある。

＊賢治の詩は宇宙飛行士たちにも愛されているが、童話「貝の火」は昭和三十一年（一九五六）五月、イタリアのラジオ番組で30分放送された。みすゞの「海の果」・「鯨法會」は、平成二十六年（二〇一四）九月、カナダで開催された、第38回モントリオール世界映画祭・審査員特別大賞受賞作品「ふしぎな岬の物語」の劇中で使われた。

賢治とみすゞの相違点

＊賢治は求道者の父・政次郎、こよなく穏やかでユーモアであった母・イチを始め、4人の祖父母の初孫として、弟妹とも仲のよい愛情溢れる中で育った。そのためか、人が好きでたくさんの人と胸襟を開いていた。みすゞは、肉親と死別・離別の中で成長し、人との交流は少なかった。作

品の根底に流れているのは、母恋だと思える。女学校のたった一人の友人も、死別であった。

＊賢治の死は、実に多くの人に惜別と衝撃を与えた。親友の藤原嘉藤治・森惣一・母木光は、読経が聞こえる宮澤家の二階で「～日本の人々は五十年或は百年の後に、あなたがどのやうに偉かったかといふことがわかるでせう」という弔辞をしたため、棺に入れた。みすゞの自死を当時の新聞は、「恋を恨んで女の自殺・カルモチンをのんで」・「カルモチンを飲む・女の自殺・男に捨てられて」と報じた。詩人・正式離婚・上山文英堂にも、全く関知しない報道であった。

＊賢治の人生は「世界がぜんたい幸福にならないうちは　個人の幸福はあり得ない」、そのもので、まさに巨人であった。みすゞは、誇り高き孤高の詩人であった。

おわりに

宮澤賢治と金子みすゞが亡くなって、80年余りの歳月が経過した。童話や童謡は一見、子供の読む作品として見られがちである。二人の作品は、人間の生き方についての、根源的なものに溢れている。共に残した「ことば」は、わが国のみならず世界へと翼を広げて羽ばたいている。行間からも語りかけてくる「言葉の力」は無限で、まことのことばは深く静かに広がり、希望へと繋がっていく。

主な参考文献

『新稿本 宮澤賢治全集』第十六巻（下）補遺・資料・年譜篇・第十六巻（下）補遺・資料 補遺・伝記資料篇 宮沢清六 他編 二〇〇一年十二月十日 筑摩書房
『宮沢賢治大辞典』渡部芳紀編 平成十九年八月十日 勉誠出版
『宮沢賢治の全童話を読む』国文学増刊改装版・国文学編集部編 二〇〇三年五月一日 学燈社
『銀河の旅人―宮澤賢治』岩崎少年文庫・25 堀尾清史著 一九八四年四月十日 岩崎書店
『宮澤賢治』森荘已池著 昭和十九年一月二十日 杜陵書院
『金子みすゞ全集』一九八四年二月二八日 JULA 出版局

加藤邦彦

宮沢賢治と『アラビアンナイト』

――『春と修羅』収録詩篇を中心に――

一、

宮沢賢治がいったん完成したかにみえた自分の作品に、その後も手を加え続けたことは、今日ではよく知られている。そのことを広く世間に知らしめたのは『校本宮澤賢治全集』（筑摩書房、一九七三年五月―一九七七年一〇月）であるが、その校本全集が賢治作品において時々の「完成」がしばしば無視される傾向を招いてしまったのではないかということを、かつて述べたことがある(1)。だが、賢治は改稿のために改稿を行ったわけではないはずだ。そのことを検証するために、わたしが例として挙げたのが『春と修羅』所収の「電線工夫」という作品であった。

次に引用するのは、『春と修羅』初版本（関根書店、一九二四年四月）に賢治自身の加筆修正がメモされていた宮沢家本の「電線工夫」手入れ後の本文である。

でんしんばしらの気まぐれ碍子の修繕者
雲とあめとのそのまつ下のあなたに忠告いたします
それではまるでアラビヤ夜話のかたちです
からだをそんなに黒くかつきり鍵にまげ
雨着の裾もぬれてあやしく垂れさがり
ひどく手先を動かすでもないその修繕は
アラビヤ夜話のあんまりひどい写しです
あいつは黒い盗賊団か、
悪魔のためにあすこのとこに
つけられたのだと云はれても
どうまああなたは辯解できるおつもりですか

初版本と比較すると、改稿の主眼は音数律を整えることに置かれている。なかでもとりわけ眼を引くのが「アラビヤ夜話」への改変だ。この語を含む第三、七行目は、初版本ではそれぞれ「それではあんまりアラビアンナイト型です」「あんまりアラビアンナイト型です」となっていた。この「アラビアンナイト型」から「アラビヤ夜話」への改変について、金子民雄は次のように述べている。

面白いことには、ここで「アラビアンナイト型」とした部分に、のちに「アラビア《ママ》夜話のかたち」と自筆の書き入れがしてあることだ。『春と修羅』の出版が大正十三年の初めで、同じ年に『全訳新アラビア《ママ》夜話』（飯田敏雄訳）が出ているが、アラビア夜話とした例は大正時代に他に聞かないから、彼はのちこれを知って『春と修羅』に一部修正として、書き入れたのであろうか[2]。

金子はこの改変を当時の『アラビアンナイト』の翻訳の出版状況から考えようとしているが、ここにもやはり音数律への志向性が関係しているのではないだろうか。八音の「アラビアンナイト」は七五調の音数律のなかでは使いにくい。しかし、「アラビヤ夜話」に助詞「の」を付属させるとちょうど七音になり、音数律が整う。それが、「アラビアンナイト」から「アラビヤ夜話」へと改変されたもっとも大きな理由だったと考えられる。

だが、それ以上に気になるのは、「アラビアンナイト」であれ「アラビヤ夜話」であれ、この語の意味するところがたいへん捉えにくいことだ。「電線工夫」である「あなた」は、「からだをそんなに黒くかつきり鍵にまげ／雨着の裾もぬれてあやしく垂れさがり／ひどく手先を動かすでもな」く碍子を修繕している。その姿が「アラビアンナイト型」あるいは「アラビヤ夜話」の「あんまりひどい写し」だというのである。一体そのどこから『アラビアンナイト』が想起されるというのだろう。そのことが長らくわたしの気にかかっていたが、自分自身、納得できる回答をこれまでみつけることができなかった。

賢治が「アラビアンナイト」あるいは「アラビヤ夜話」と呼ばれるテキストに触れていたことは間違いない。右で金子は、飯田敏雄訳『全訳新アラビヤ夜話』(日本書院出版部、一九二四年三月)に言及しているが、この本を賢治が読んだ確証はないし、仮にこの本のタイトルが「電線工夫」の改変に何らかの影響を与えているとしても、そのことは詩のイメージの理解にはとんど役に立たない。そもそも同書はロバート・ルイス・スティーブンスンの著作で、『アラビアンナイト』ですらないのである。

では、賢治は元来どのようにして『アラビアンナイト』に触れたのだろうか。また、『アラビアンナイト』の内容を踏まえて「電線工夫」やほかの賢治の詩を読み返した場合、果たしてそこから何が浮かび上がってくるだろう。以下、賢治と『アラビアンナイト』の関係について、日本における同書の受容を確認しながら、『春と修羅』収録詩篇を中心に検討していきたい。

二、

『アラビアンナイト』は、「千一夜物語」あるいは「千夜一夜物語」とも呼ばれている。(3)昔、シャフリヤールという王がいた。あるとき王は、自分の留守中に妻が不貞を働いていたのを知り、妻を殺害。そのことをきっかけに女性不信に陥った王は、生娘とひと晩を過ごしては首をはねるという所業を繰り返していた。それが何年も続いた結果、生娘がいなくなってしまった。そのことに大臣が頭を悩ませていたところ、事情を知った大臣の娘シェヘラザードが王の妃に立候補する。彼女にはひとつの秘策があった。それは、夜ごとに王に面白い話を語り、朝日が差し始めたらやめるというものである。続きが気になれば王は自分を殺害しない。話が終われば「もっと面白い話がある」と王の興味を煽り、新たな物語を聞かせる。こうして約二年七ヶ月間、王に物語を聞かせ続けたシェヘラザードは、暴君を改心させることに成功し、正式な妃となった、というのが物語の骨子である。この全体の基盤となる話を枠物語という。また、その枠物語の間に夜な夜な語られる話が挿入され、それらが一対となって『アラビアンナイト』全体が構成されている。

この物語が広く知られるようになったのは、フランスの東洋学者アントワーヌ・ガランによるところが大きい。ガランはどこかで「シンドバード航海記」のアラビア語写本を手に入れ、フランス語訳に取りかかった。その過程で「シンドバード航海記」が『アラビアンナイト』の一部だと知ったガランは、今度はその写本を入手し、翻訳した。こうして一七〇四年に刊行されたのが『アラビアンナイト』である。同書は大変な人気を博し、次々と巻を重ねた。また、その評判によって『アラビアンナイト』は各国で翻訳された。イギリスではガラン版の登場からわずか二年後、*The Arabian Nights' Entertainments* というタイトルで出版されている。日本での『アラビアンナイト』という呼称は、おそらく英語版から日本語に重訳されたためであろう。

なお、右で「シンドバード航海記」に触れたが、どうやらこの物語はもともと『アラビアンナイト』のアラビア語原典には含まれていなかったらしい。しかし、ガランの誤解によって、原典にはなかったはずの「シンドバード航海記」は『アラビアンナイト』中の物語のひとつとして流布してしまった。原典に存在していなかったとみられる作品はほかにもあり、そのなかには「アラジンと魔法のランプ」「アリババと四十人の盗賊」などの有名な物語が含まれている。だが、ガラン以後の訳者たちも、これらを『アラビアンナイト』に収録した。もちろん、宮沢賢治もこれらの物語を『アラビアンナイト』の一部として疑うことなく受容したと思われる。

ガラン以後の翻訳のなかで、日本近代の文学者たち何名かの興味を強く引いたのがバートン版だ。[4]ガラン版の刊行後、『アラビアンナイト』への関心が高まり、さまざまなアラビア語写本を寄せ集めた印刷本が出版された。バートン版は、そのうちのひとつをもとにイギリスのサー・リチャード・フランシス・バートンが翻訳した英訳本である。

一九二四年ごろ、バートン版全一七巻を一五〇円で手に入れた芥川龍之介は「リチャード・バアトン訳「一千一夜物語」に就いて」(「書物往来」一九二四年五―八月)で次のように述べている。

バアトンは本文を、一話一話に分けないで、原文通り一夜一夜に別けてゐる。又、韻文は散文とせずに韻文に訳出してゐる。之を以て観てもバアトンが如何に原文に忠実であつたかは推察出来ると思ふ。

例へば、亜剌比亜人の形容を其儘翻訳して居るのに非常に面白いものがある。男女の抱擁を

『釦が釦の孔に嵌まるやうに一緒になつた』と叙してある如き其の一つである。（中略）下がゝつた事も、原文が無邪気に堂々と言ひ放つてゐるのを其儘訳出してあるから、近代の小説中に現はれるLove sceneよりも猥褻の感を与へない。(5)

芥川が評価しているのは、バートン版が「下がゝつた事」でも「原文に忠実」に「其儘訳出して」いる点である。

また、一九二六年ごろバートン版を入手した谷崎潤一郎の「蓼喰ふ虫」（「大阪毎日新聞」「東京日日新聞」一九二八年一二月―一九二九年六月）には、次のような場面がある。

「大人の読むアラビアン・ナイトつて、子供のとまるきり違ふんですか、お父さん」
高夏の言葉におぼろげながら好奇心を感じたらしい弘は、さつきから父の手の蔭になつた挿絵の方へ探るやうな眼を光らしてゐた。
「違ふところもあるし、同じところもある。――――アラビアン・ナイトと云ふものは全体大人の読む本なんだよ。その中から子供が読んでもいゝやうな噺だけを集めたのが、お前たちの持つてゐる奴さ(6)」

右にみられる「父の手の蔭になつた」部分には、「裸体の女群が遊んでゐるハレムか何かの銅版の挿絵[7]」が描かれていた。つまり、谷崎もまた芥川と同じく「大人の読む本」として『アラビアンナイト』を評価していたのである。

この「蓼喰ふ虫」の記述について、杉田英明は次のようにいう。

この作品が発表された一九二八―二九年の段階では（中略）明治末以降徐々に浸透してきていた児童文学としての『アラビアン・ナイト』という捉え方は、この時期にはごく一般的な通念になっていただろう。弘の言葉の背後には、そうした児童向け叢書での経験が存在する。それに対し、要は大人向けの本という新たな視点を息子に教え込むのである。[8]

このように、芥川や谷崎は「大人向けの本」として『アラビアンナイト』を受容した。それは、もともと「好色文学としての一面があった」この物語を、彼らが「ことさらに性的な箇所を強調し、場合によっては加筆した[9]」バートン版で読んだからである。というよりも、バートンによって「好色文学」の側面が強調されたからこそ、彼らはこの物語に興味を持ったと捉えたほうが的確だろう。ただ、彼らと同じように宮沢賢治が「好色文学」として『アラビアンナイト』を受容したかどうかは疑わしい。むしろ、童話作家でもある賢治は、それ以前の一般的な見方のように、「児童文学」として『アラビアンナイト』を受容したのではないだろうか。

三、

さて、ここで問題になるのが、賢治がどの版あるいはテキストで『アラビアンナイト』に触れたかということである。『新校本宮澤賢治全集』の年譜によると、一九二一年一二月下旬ごろ、賢治は同僚の堀籠文之進と「英語の勉強のため丸善から取り寄せた「アラビアン・ナイト」の原書を読みあっ(10)」ていた。その原拠は次の堀籠の証言である。

花巻農学校の教師として宮沢さんと一緒に働く様になつてから、わたくしが結婚するまで、宮沢さんは雨の日も風の日もかまわずに、毎晩の様にわたくしの下宿を訪ねて来た。二人で英語研究などもやつて「アラビヤンナイト」や「A sha love affair」などの原書を釈し合つた。又話題は文学、宗教に及ぶのが常であつた(11)。

年譜と右の証言を比較すると、賢治が『アラビアンナイト』を英語で読んでいたのは確かなようだが、「丸善から取り寄せた」かどうかははっきりしない。また、「英語研究」のために読んだというのが気にかかる。実はこのころ、英語学習者のためのテキストがいくつも出版されていた(12)。そのうちのひとつ、一九〇九年六月に英語研究社より刊行された『初等英語叢書』第七編「アラディンのラムプ」を国立国会図書館ウェブサイトの近代デジタルライブラリーでみてみると(13)、同書は英語と日本語の対訳形式になっており、ページ下方には単語や文法の解説が記されている。英語の学習のために読んでいたならば、こういう類で賢治が『アラビアンナイト』に触れた可能性は十分ありうる。ただし、賢治がそれらを読んだという確証はない。

賢治が読んだテキストについて、金子民雄は「彼が読んだのは英訳か邦訳であったろう(14)」とした上で、次のように述べている。

賢治が邦訳で読んだとすれば明治三十七年刊の『アラビアンナイト物語』(深沢由次郎訳)以降、昭和初期までの十種ぐらいの中からだったにちがいない。その読んだと思われるテキストがにわかにどれと決められないのは、賢治のふれたアラビアン・ナイトの内容が具体的でなく、あくまで表面的な描写でしかないからである。彼はよくこれらの寓話を消化し、自家薬籠中のものにしたといえよう。ただ、彼は最初、洋書で読んだかもしれない(15)。

賢治が『アラビアンナイト』に触れたのは『春と修羅』が刊行される一九二四年以前であることは間違いないが、その時点で邦訳は「十種」どころか、もっとたくさん出ていた。ただ、賢治が「よくこれらの寓話を消化し、自家薬籠中のものにし」ているために、「その読んだと思われるテキストがにわかにどれと決められない」のは金子の指摘する通りである。そのことは「電線工夫」からもうかがわれ、「それではあんまりアラビアンナイト型です」「それではまるでアラビヤ夜話のかたちです」という詩行から『アラビアンナイト』の具体的な内容を想像するのは難しい。

また、金子は次のようにも述べている。

賢治が大正十年前後の比較的早いころに、「アラビアン・ナイト」を目にしたことは、ほぼ間違いない。しかし、これらはごく簡略な英訳か邦訳版の少年少女向きに出版された中の、せいぜい一、二種ぐらいではなかったかと思われる。なぜなら、大正時代までにわが国で訳された「アラビアン・ナイト」は、ほとんどがエドワード・W・レーン訳の『千一夜物語』を底本にしたものだった。(16)

レイン版は、アラビア語原典を約五分の二に省略した英訳本で、「道徳的観点からの削除や改変が見られるという点では原典の全貌を伝えたとは言いがたいが、逆にその味わいを知るには手頃な分量に圧縮され、かつ青少年にも安心して薦められるという利点がある」(17)。レイン版の邦訳として、大正末から昭和初めにかけて刊行された日夏耿之介、森田草平それぞれによる完訳本のほか、児童文学では中島孤島訳『新訳千一夜物語』(大日本雄弁会、一九二四年八月)などが知られている。ただし、この時期の『アラビアンナイト』の翻訳底本がレイン版ばかりだったわけではないし、レイン版のみが『アラビアンナイト』が児童文学であるというイメージを広めたわけでもない。もともと、日本において「子供向けアラビアンナイトが次々と出版されていく(18)」ようになったのは、杉谷代水訳『新訳アラビヤンナイト』上下巻の刊行がきっかけだった。

杉谷代水訳『新訳アラビヤンナイト』は上下巻で構成され、「模範家庭文庫」第一、二巻として一九一五年一二月に発行された。「模範家庭文庫」は冨山房が一九一五年から三三年の間に計二四冊出版した叢書で、もともとは若くして亡くなった杉谷の遺稿を出版するために企画されたものらしい。ところが、出版されると「前後二十年、こんなに長く読まれた児童物もすくな」く、「児童図書の一新紀元を劃したやうにいはれ[19]」るほどだった。なかでも特によく読まれたのが杉谷訳『新訳アラビヤンナイト』である。杉田英明によると、一九二五年までに上巻は一二刷、下巻は一三刷に達し、版が摩滅した上に震災の影響もあって、一九二七年には改訂増補である『大アラビヤンナイト』が出版された[20]。いま、わたしの手元に一九三六年九月発行の『大アラビヤンナイト』第一巻の改訂五版がある。内容は『新訳アラビヤンナイト』上巻を改版したものだが、続刊が出た形跡はなく、もしかしたら下巻の改版は出版されなかったのかもしれない。

翻訳底本はスコットランドの古典学者アンドルー・ラングが編纂したもの。『新訳アラビヤンナイト』上巻の「解説」によれば、そこから「童幼のため特に文芸的価値の秀でた物語四十余篇を択んで」翻訳したという。もちろん、翻訳のなかには「海員シンドバッドの七航海」も「アラヂンと不思議なランプ」も「アリ・ババの話」も含まれている。

杉田によれば、『新訳アラビヤンナイト』の特徴として「第一に訳文の卓越性、第二に装幀や挿画の芸術性[21]」が挙げられるが、後者において大きな役割を果たしたのが、目次末尾に挿画執筆者として名前がみられる小杉未睡、岡本帰一、小林永二郎のうち、岡本帰一である。岡本は、一九二二年創刊の児童雑誌「コドモノクニ」を代表する画家。『新訳アラビヤンナイト』の挿画の多くは翻訳底本から転写されたものらしいが、その作業は岡本自身の作品にも影響を及ぼし、なかでも扉絵は「本書全体を象徴するかのごとき見事な作品に仕上がっている」[22]。なお、『新訳アラビヤンナイト』をきっかけとして、岡本は「歌の北原白秋、曲の中山晋平と鼎立して、児童芸術界を三分するに至った」[23]が、一九三〇年、わずか四二歳で没した。

もうひとつの『新訳アラビヤンナイト』の特徴は「定価が三円（のち三円八十銭）と高価で、普及が中流家庭以上の子弟に限定されがちだったこと」[24]である。一九二七年創刊の岩波文庫の夏目漱石『こころ』が四〇銭だったから、その高価格は推して知るべしだ。

ちなみに、「模範家庭文庫」で『アラビアンナイト』に接したひとりに大岡昇平がいる。大岡は「冨山房から出ていた『ロビンソン・クルーソー』『ガリヴァ旅行記』『アラビヤンナイト』の小学上級用の厚い絵入りダイジェストを読んだ[25]」のを記憶している。このころの大岡家は、第一次大戦の特需によって生活が豊かになっていた[26]。

以上のことを考慮すると、児童文学者であり、家が裕福だった宮沢賢治が「模範家庭文庫」の『新訳アラビヤンナイト』を読んでいた可能性は大いにありうるだろう。

四、

さて、ここであらためて宮沢賢治の「電線工夫」に眼を向けたい。この詩は、電線工夫が電信柱に取りつけられている碍子を修理している様子を歌ったものである。さきにも確認したように、「電線工夫」である「あなた」は「からだをそんなに黒くかつきり鍵にまげ／雨着の裾もぬれてあやしく垂れさがり／ひどく手先を動かすでもな」く碍子を修繕している。どうしてそれが「アラビアンナイト型」あるいは「アラビヤ夜話のかたち」なのだろうか。そのことについて、金子民雄は次のように述べている。

黒い雨合羽を着て、雨の降るなかを柱によじ登って仕事をしている工夫の姿が、アラビアン・ナイトの中の悪魔の仕業のような、なにか幻想的な一場面を思い起こさせたのであろう。(27)

確かに、電線工夫が碍子を修繕する様子は『アラビアンナイト』と直接的に重なるものではなく、そこから連想された「幻想的な一場面」であるように思える。だが、それではこの詩のイメージを漠然としか摑むことができず、それが長らくわたしの気にかかっていたことはすでに述べた。

このたび、「模範家庭文庫」の『新訳アラビヤンナイト』をみていたら、この詩に歌われている電線工夫にぴったりのイメージの挿画が同書に掲載されているのを発見した。

最初に眼に留まったのは、「アラヂンと不思議なランプ」中の【図版1】だ。これは、魔法使いにそそのかされてランプを取りにいくことになったアラヂンが、その道中で宝石のなる樹を目撃し、果物ならばよかったのにと思いながらも宝石を手にする場面の挿画である。柱と樹という違いはあるものの、よじのぼって作業する姿は電線工夫と通じている。ただ、そのアラヂンと、「からだをそんなに黒くかつきり鍵にまげ／雨着の裾もぬれてあやしく垂れさがり／ひどく手先を動かすでもない」電線工夫のイメージの間には、少々距離があるようにも思う。

そこでさらに『新訳アラビヤンナイト』をみていくと、【図版2】を発見した。これは「海員シンドバットの七航海」のうち、第五航海のエピソードの冒頭に掲げられている挿画で、シンドバットとその肩に乗る老人が描かれている。この老人は「海爺」と呼ばれ、自分を肩車した人物をことごとく絞め殺すが、どうしたことかシンドバットは殺害されず、足や土台としてこき使われた。海爺が着ているのはおそらく雨着ではない。しかし、裾の垂れ下がった黒い服を着ており、しかも背中を丸めているところが、「からだをそんなに黒くかつきり鍵にまげ」という電線工夫のイメージとぴたりと重なっている。

しかも、この挿画は一度みたら忘れがたいほどのインパクトがある。さきに「模範家庭文庫」の『新訳アラビヤンナイト』を読んだ文学者として大岡昇平の名前を挙げたが、そのときの印象を大岡はこう記している。

【図版２】「海員シンドバットの七航海」第五航海　挿画（『新訳アラビヤンナイト』上巻、237頁）

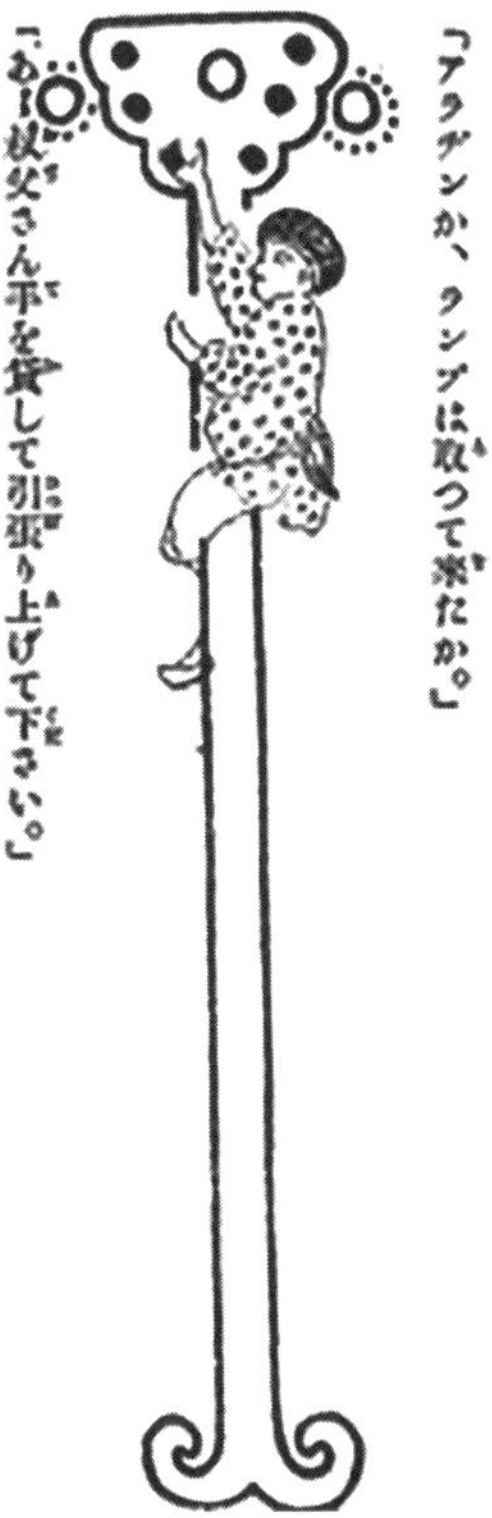

【図版１】「アラヂンと不思議なランプ」挿画（『新訳アラビヤンナイト』下巻、49頁）

『アラビヤンナイト』もアラディンの不思議なランプと開け胡麻あたりまでしか知らなかったので、シンドバッドの航海談は私を驚喜させた。一つ目鬼退治や地下の流水トンネルの話も面白かったが、背負うと離れなくなる「海の老人」のぞっとする話の印象が強烈だった。(28)

「背負うと離れなくなる「海の老人」」の話が「海員シンドバットの七航海」の第五航海のエピソードを指しているのは明らかだ。大岡は少年期にこの話を読み、「ぞっとする話」として強烈な印象を抱いたというが、その記憶は『新訳アラビヤンナイト』中に掲載されている挿画とも少なからず関係があると思われる。

賢治が「アラジンと魔法のランプ」や「シンドバード航海記」を知っていたことは、あとで触れる『春と修羅』所収の「屈折率」に「(またアラッディン、洋燈とり)」という詩行があること、『春と修羅　第二集』に収録された「海蝕台地」下書稿の抹消部分に「シンドバード」(29)という文字がみられることから間違いない。とすれば、賢治は『新訳アラビヤンナイト』の「アラヂンと不思議なランプ」や「海員シンドバットの七航海」中の挿画から「電線工夫」という詩のイメージを得たのではないだろうか。あるいは、電信柱の碍子を修繕する電線工夫の姿をみた際、『新訳アラビヤンナイト』中のこれらの挿画が賢治に想起されたのではないか。もちろん、「アラジンと魔法のランプ」も「シンドバード航海記」も有名な話なので、賢治がこれらを複数のテキストで読んだ可能性は大いにあるだろう。しかし、「電線工夫」の内容から考えると、なかでも特に「模範家庭文庫」の『新訳アラビヤンナイト』がもっとも強く賢治の印象に残っていたのではないかと考えられる。

一方、挿画だけでなく『アラビアンナイト』の物語内容からも、「電線工夫」について考えてみよう。『春と修羅』初版本で「あいつは悪魔のためにあの上に／つけられたのだと云はれたとき」とされていた詩行が、宮沢家本では「あいつは黒い盗賊団か、／悪魔のためにあすこのとこに／つけられたのだと云はれても」に改変されている。「悪魔」は『アラビアンナイト』に頻出する（「アラジンと魔法のランプ」のランプの精もそのひとりとされる）ので、そこから作品のイメージを摑むのは難しいが、「黒い盗賊団」についてはただちに連想される話がある。それは「アリババと四十人の盗賊」だ。

ある日、アリババは森のなかで盗賊団が宝を洞窟に運び込むのを目撃した。その洞窟から金貨を盗み出したところ、兄のカシムにばれて、彼もまた洞窟へと侵入した。ところが、そこから出ようとしたとき、カシムは扉を開ける呪文を忘れてしまった。結果的に彼は洞窟に戻ってきた盗賊団にみつかり、殺されてしまう。

次の引用は『新訳アラビヤンナイト』の「アリ・ババの話」より、アリババが洞窟のなかでカシムの死体を発見する場面である。


翌る朝早くアリ・ババは驢馬を牽いて森に入り、例の洞の前へ来て見ると、騾馬もカシムも見えないで、其処らに血が流れてゐる。これでは愈々やられたのか知らぬと胸を轟かせながら、例の呪文で岩の戸を明けて入ると直ぐ、四つに斬つた兄貴の屍体が戸の裏に吊してあるのが目に入つたので、総身がブル〳〵震ひました。

この「戸の裏に吊」されている「兄貴の屍体」と、「電線工夫」で「黒い盗賊団」によって「でんしんばしら」につけられている「気まぐれ碍子」とは、イメージが重なりはしないだろうか。とすれば、「電線工夫」は手入れに際して、『アラビアンナイト』との関係がより深まるように書き換えられたのである。従来知られていなかった賢治と『アラビアンナイト』の関係が、ここにはある。

なお、「電線工夫」における「アラビアンナイト型」から「アラビヤ夜話」への改変について付け加えれば、『新訳アラビヤンナイト』の坪内逍遙による序文に「我国空前の「アラビヤ夜話」だと言つて差支ない」とあり、そのなかに「アラビヤ夜話」という語がみられる。このことは、同書が刊行された時点で「アラビヤ夜話」という呼称がすでに一般化していたことを示しているだろう。したがって、「アラビアンナイト型」から「アラビヤ夜話」への改変は、音数律の調整以外に深い理由はなかったのではないかと思われる。

五、

賢治が『アラビアンナイト』を複数の書物で読んでいた可能性があるにしても、主に依拠したテキストが判明すれば、これまでとは違った角度からの作品分析ができるようになる。ここでは、その一例として『春と修羅』に収録されている『アラビアンナイト』と直接関連するもうひとつの作品、「屈折率」について考えてみたい。

七つ森のこつちのひとつが
水の中よりもつと明るく
そしてたいへん巨きいのに
わたくしはでこぼこ凍つたみちをふみ
このでこぼこの雪をふみ
向ふの縮れた亜鉛《あえん》の雲へ
陰気な郵便脚夫《き〔や〕くふ》のやうに
（またアラツディン、洋燈《ラムプ》とり）
急がなけ〔れ〕ばならないのか

「アラツディン」が「アラジンと魔法のランプ」の主人公を指していることは、いうまでもない。そのことを踏まえた上で「屈折率」という詩篇をどう解釈するか。まずは『新訳アラビヤンナイト』の「アラヂンと不思議なランプ」をみてみよう。

アラヂンは、父が亡くなって以後の家計の支えを母に任せて毎日ぶらぶらしていた。そんなある日、彼のもとを叔父と偽った魔法使いが訪ねてくる。魔法使いは母子を信頼させたのちアラヂンを連れ出し、石板で封じられている地下から魔法のランプを取ってくるよう彼にうながす。魔法使いはアラヂンに「その宝がお前の手に入ると、世界で一番偉い王様より未だ金持になれるのだぞ。そしてお前の外誰れも宝に手を掛けてはならんのだから、今俺の云ふ事をよく覚えて其の通りにしなくちや可かんぞ」と語る。

実は、諸本と『新訳アラビヤンナイト』とでこの箇所は若干異なっている。たとえば、バートン版では「お前以外、この広い世間にだれもあれを開けきるものがないし、お前を別とすると、お前のためにとってある、この魔法の宝庫にどんな人間も足をふみこめんのじゃ(30)」というように、ランプのある地下に降りるための石板を開けられるのはアラジンただひとりということになっているが、『新訳アラビヤンナイト』ではそうなっていない。魔法使いがアラヂンにランプを取りにいかせるのは、次のような理由からである。

彼れが亜非利加の棲所から遥々支那へ来た所以は、自分の有つてゐる魔法書の中で不思議なランプの記事を読んだからである。其のランプが手に入ると彼れは世界第一の強者になれるのであつた。そしてランプの在処もちやんと分つてゐるが、自身で取つて来ては効がなく、是非とも他人の手から好意的に貰はねばならなかつた。そこで此の目的を果たすために愚かなアラヂンが選ばれたのであつた。

魔法使いは「自身で取つて来ては効がな」いため、ランプを取りにいく役目をアラヂンに与えた。彼が選ばれた理由は「愚か」だったからであり、アラヂンでなければならなかったわけでは必ずしもない。

奥山文幸は、「屈折率」の「アラッディン」という英語風の表記が、バートン版の「アラジンは、〈信仰（アル・ディン）の高さ、または栄光（アラ）〉の意味で、本来はアラーッディーンと発音する」という注に対応していることから、「賢治はこの時期に英語でアラジンの話を精読・味読したと推定される[31]」とした上で、次のように述べている。

賢治が、敢えて「アラツディン」と表記したのは、「信仰の高さ」という意味を封じこめてあることの標識だとすれば、「(アラツディン　洋燈取り)」とは、《信仰篤き者であると共に修羅を背負う者》と《ある行為に関して世界で唯一人選ばれてある者》との濃密な比喩になっていると言えよう[32]。

賢治がバートン版で『アラビアンナイト』を読んだと仮定した上での刺激的な解釈である。しかし、賢治がこの話を『新訳アラビヤンナイト』で「精読・味読」したとなれば、詩の読み方は当然変わってくる。

『新訳アラビヤンナイト』の「アラヂンと不思議なランプ」では、アラヂンは魔法使いから「宝がお前の手に入ると、世界で一番偉い王様より未だ金持になれるのだぞ」とそそのかされてランプを取りにいく。彼はみずからの意思でランプを取りにいくわけではない。だから、魔法使いから「種々の色の果物が鈴生りに下がつてゐるが、そんな物に構はずに」進んでいくよういわれるが、その横を通りかかった際、「果物ではなくて宝石」が下がっているのをみると、「未だ宝石の貴さを知らないにもかかわらず、魔法使いの忠告を無視してそれらを衣服に詰め込む。

つまり、ここでのアラヂンは「信仰篤き者」でも「世界で唯一人選ばれてある者」でもない。たまたま魔法使いから選ばれた「愚か」な人物として、その欲深さばかりが『新訳アラビヤンナイト』においては強調されているのである。

そのことを踏まえて「屈折率」をあらためて読み返した場合、そこから浮かび上がってくるのは具体的でない理想像に向かって、消極的ながらも険しい道を進んでいかなければならない「わたくし」の苦しみではないだろうか。「わたくし」は、「水の中よりもつと明るく／そしてたいへん巨きな「七つ森」の「こつちのひとつ」に安住していたい。しかし彼は、魔法使いにそそのかされて「洋燈とり」に向かう「アラツディン」のように、ほかの誰かあるいは己の欲深さに突き動かされて、よくわからない目的地に向かって急かされている。金子民雄は、この作品を書いたときの「賢治の精神状態はかなり不安定だったと思う[33]」と述べているが、わたしも同感だ。ここには、信仰の篤さや信心深さよりも、それを持ち続けることの困難やつらさが示されているのではないだろうか。『新訳アラビヤンナイト』の「アラヂンと不思議なランプ」を踏まえて「屈折率」を捉え直すと、以上のような解釈が可能であると思われるが、どうだろうか。

さて、ここまで『春と修羅』所収の「電線工夫」「屈折率」を中心に宮沢賢治と『アラビアンナイト』の関係について検討してきた。ただし、『アラビアンナイト』から何らかの着想を得ているものは、ほかにも多数あると思われる。賢治が読んだテキストのひとつに『新訳アラビヤンナイト』があった可能性を踏まえつつ、両者の関係について今後さらに考察を深めていきたい。

注

(1) 拙稿「書く行為の背後にあるもの――宮沢賢治と中原中也――」『中原中也と詩の近代』角川学芸出版、二〇一〇年三月参照。

(2) 金子民雄『宮沢賢治と西域幻想』中央公論社、一九九四年七月、二九二頁。

(3) 『アラビアンナイト』の物語内容や成立過程に関しては、国立民族学博物館編『アラビアンナイト博物館』(東方出版、二〇〇四年九月)、西尾哲夫『アラビアンナイト――文明のはざまに生まれた物語』(岩波新書、二〇〇七年四月)、グループSKIT編著『「千夜一夜物語」の謎を楽しむ本』(PHP研究所、二〇一三年一一月)などを参照した。

(4) 日本における『アラビアンナイト』の受容に関しては、特に杉田英明『アラビアン・ナイトと日本人』(岩波書店、二〇一二年九月)を参照した。

（5）芥川龍之介「リチャード・バアトン訳「一千一夜物語」に就いて」『芥川龍之介全集』第一一巻、岩波書店、一九九六年九月、一八五―一八六頁。
（6）谷崎潤一郎「蓼喰ふ虫」『谷崎潤一郎全集』第一二巻、中央公論社、一九六七年一〇月、七二頁。
（7）同右、七一頁。
（8）杉田英明、前掲書（4）、一七九頁。
（9）西尾哲夫、前掲書（3）、八〇頁。
（10）『新校本宮澤賢治全集』第一六巻下「補遺・資料　年譜篇」筑摩書房、二〇〇一年一二月、二二九頁。
（11）堀籠文之進「賢治さんの憶ひ出」、「四次元」第七巻第一〇号、宮沢賢治友の会、一九五五年一〇月、二頁。
（12）杉田英明、前掲書（4）、資料一覧六一―六二頁参照。
（13）http://kindai.ndl.go.jp/info:ndljp/pid/871121　なお、近代デジタルライブラリーでの登録タイトル名は「アラディンと不思議のランプの物語」。
（14）金子民雄、前掲書（2）、二九〇頁。
（15）同右、同頁。
（16）同右、二九五頁。
（17）杉田英明、前掲書（4）、一五五頁。
（18）西尾哲夫、前掲書（3）、一五七頁。

(19)『冨山房五十年』冨山房、一九三六年一〇月、五三九頁。
(20)杉田英明、前掲書（4）、一二八頁参照。
(21)同右、一一八頁。
(22)同右、一二二頁。
(23)前掲書（19）、五四〇頁。
(24)杉田英明、前掲書（4）、一二七頁。
(25)大岡昇平「少年——ある自伝の試み——」『大岡昇平全集』第一一巻、筑摩書房、一九九四年一二月、一九五頁。
(26)同右、一三六頁参照。
(27)金子民雄、前掲書（2）、二九一—二九二頁。
(28)大岡昇平、前掲文（25）、二〇二頁。
(29)『新校本宮澤賢治全集』第三巻「校異篇」筑摩書房、一九九六年二月、七五頁。
(30)大場正史訳「アラジンと不思議なランプ」『アラビアンナイト　バートン版　千夜一夜物語拾遺』角川書店、二〇一三年一〇月改版、二七頁。
(31)奥山文幸「賢治 vs. 賢治——括弧付け表現の位相」『宮沢賢治『春と修羅』論——言語と映像』双文社出版、一九九七年七月、七三—七四頁。
(32)同右、七四頁。
(33)金子民雄、前掲書（2）、三〇二頁。

※宮沢賢治『春と修羅』については『新校本宮澤賢治全集』第二巻（筑摩書房、一九九五年七月）を、杉谷代水『新訳アラビヤンナイト』上下巻は初版本（冨山房、一九一五年一二月）をそれぞれ本文とした。引用に際して、一部を除いて旧字は新字に改め、ルビは省略した。

宮沢賢治の生涯をつらぬく闘いは何であったか

佐藤泰正

一

「宮沢賢治の切り拓いた世界は何か」というこの論集の題目に即して問えば、それは賢治が切り拓いた近代詩の世界の独自な形であり、彼自身これを詩と言わず、〈心象スケッチ〉と呼んでいるが、この独自の表現にいたく感銘した中原中也は次のように語っている。

「彼は幸福に書き付けました、とにかく印象の生滅するまゝに自分の命が経験したことのその何の部分をだつてこぼしてはならないとばかり。それには概念を出来るだけ遠ざけて、なるべく生の印象、新鮮な現識を、それが頭に浮ぶまゝを、――つまり書いてゐる時その時の命の流れをも、むげに退けてはならないのでした。（略、傍点筆者以下同）

要するに彼の精神は、感性の新鮮に泣いたのですし、いよいよ泣かうとしたのです。」

この中原の言葉にこもる傾情の深さにはなみならぬものがあり、賢治はあえて〈心象スケッチ〉と名付けてはいるがその核心に迫って、これ以上の言葉はあるまい。賢治にとってはまさに知己の言ともいうべきだが、「感性の新鮮」に泣いたのは賢治自身であり、また中也自身でもあったと言えよう。

ここで賢治は「新鮮な現識」を退けなかったという、その「現識」とは何か。中也はさらに賢治の詩法について次のごとく言う。

「人性の中には、かの概念が、殆んど全く容喙《ようかい》出来ない世界があつて、宮沢賢治の一生は、その世界への間断なき恋慕であつたと云ふことが出来る。／その世界といふのは、誰しもが多かれ少かれ有してゐるものではあるが、未だ猶、十分に認識対象とされたことはないのであった。私は今、その世界を聊かなりとも解明したいのであるが、当抵手に負へさうもないことであるから、仮りに、さういふ世界に恋著《れんちゃく》した宮沢賢治が、もし芸術論を書いたとしたら、述べたでもあらう所の事を、かにかくにノート風に、左に書付けてみたいと思ふ。」（『宮沢賢治の世界』）と言い、次のごとき箇条を書きつけてゆくが、その冒頭の一節では次のように語っている。

「一、「これは手だ」と、「手」といふ名辞を口にする前に感じてゐる手、その手が感じてゐられゝばよい。／一、名辞が早く脳裡に浮ぶといふことは、尠くも芸術家にとつては不幸だ。名辞が早く浮ぶといふことは、『かせがねばならぬ』といふ、二次的意識に属する。（略）／一、芸術を衰褪させるものは、固定概念である。（略）」

これはそのまま中也の『芸術論覚え書』の冒頭部分と重なるが、以下この「名辞以前の作業」としての「芸術」と、「諸名辞間の交渉」ともいうべき「生活」との二元相克の機微が種々述べられてゆく。中也はそこでこの「名辞以前」の世界を「直観層」「純粋持続」などという言葉でもあらわし、「芸術は、認識ではない。認識とは、元来、現識過剰に堪られなくなつて発生したとも考へられるもので」、「生命の豊富とはこれから新規に実限する可能の豊富でありそれは謂はば現識の豊富のことである」ともいう。

すでに「現識」なるものの何たるかは明らかであろうが、これを仏教の言葉でいえば「阿頼耶《あらや》識《しき》」に当たるものであり、感性の最も原質的な部分を意味することになろう。賢治はまさにこの「新鮮な現識」「感性の新鮮に泣いた」という時、それはまた賢治論の核心のすべてを語ったことにもなろう。

以上は賢治と中也を一体化したものとも見えて来るが、この賢治の詩のすばらしさに感銘した、さらなる論のひとつとして鎌田東二の語る次の一節がある。

「わたしは、宮沢賢治を日本最高の詩人であると思っている。世界を見渡しても、一二を争う詩人であると確信している。

その卓越したすごさは、まず詩語が他のどの詩人にも見られぬユニークさと超越性と深さと陰影を持っていること。そこにはポエジーの源泉から放たれる光線がきらきらと煌き、万華鏡のように輝き、言葉が相互に映発しあっている。その言葉は、音楽であり絵画であり映画であり舞踊である。言霊がうねり、身も心も魂をも撃ち、天地を貫いて飛翔する。その言霊の運動の中に科学も宗教も、未来も過去も仏も地獄もある。言霊曼陀羅の海。その比類ない透明と消し去ることのできない澱み。言葉の一つ一つが独自の分子運動をしてぶつかり合い、響き合い、変幻自在な音楽を奏でているのだ。このような言葉の使い手は、宮沢賢治以前にも以後にも日本文学の歴史に登場してこなかったと断言できる。その言葉の妙と深みに読者は埋没して陶然となる。」(「宮沢賢治―超越への飛翔」『霊性の文学誌』)

いささか長い引用となったが、これはひと息に書かれたもので、中也に劣らぬ論者の感銘の深さが読みとれよう。私はかつて俳諧における自由律というべき新たな世界を切り拓いた、あの種田山頭火が、ノートのメモに自由律即ち〈生命律〉と述べていることに感銘し、以来しばしばこの一語を使っているが、鎌田氏の賢治に対する感銘を語るこの一文こそ、まさにそのあふれる感動をひと息に書いた〈生命律〉そのものの律動を伝えるものであろう。

以上はすべて賢治の詩の核心とその一端にふれたもので、もはや賢治の詩の数々にふれる余裕はないが、その〈生命律〉の背後に生きる賢治自体の、その生涯をつらぬく根源的なモチーフの何たるかを読みとってみたいと思うが、その前に『春と修羅』自体をこれらは到底詩というべきものではなく、「何とかして完成したいと思って」いる「或る心理学的な仕事の仕度に」「書き取って置く、ほんの粗硬な心象のスケッチ」（大14・2・9森佐一宛書簡）ですと語る賢治の言葉だけはつけ加えておきたい。

二

さて、この一文の題名ともした〈宮沢賢治の生涯をつらぬく闘いは何であったか〉を問えば、それはしばしば繰り返される〈おれはひとりの修羅なのだ〉という、あの一句に尽きよう。修羅とは仏教で言う〈六道〉の中のひとつで、天上、人間、修羅、畜生、餓鬼、地獄と続く、言葉の中にも見られるように、天地の間を無限にゆらめき動く、人間存在の矛盾そのものの動態をあらわすものであろう。賢治はその詩集の第一巻、二巻、三巻とすべてを『春と修羅』と名付け、特にその第一巻に見る代表作『春と修羅』一篇をみれば、まさにこの〈修羅〉の一語が繰り返されている。いまその冒頭の一節をはじめとして、以下重要な部分のみを切りとって挙げれば次の通りである。

　心象のはいいろはがねから

あけびのつるはくもにからまり
のばらのやぶや腐植の湿地
いちめんのいちめんの諂曲《てんごく》模様
（正午の管楽《くわんがく》よりもしげく
　琥珀のかけらがそそぐとき）
いかりのにがさまた青さ
四月の気層のひかりの底を
唾《つばき》し　はぎしりゆききする
おれはひとりの修羅なのだ

※

　　　　まことのことばはうしなはれ
　　　雲はちぎれてそらをとぶ
　　ああかがやきの四月の底を
　はぎしり燃えてゆききする
おれはひとりの修羅なのだ

※

草地の黄金をすぎてくるもの
ことなくひとのかたちのもの
けらをまとひおれを見るその農夫
ほんたうにおれが見えるのか

※

（まことのことばはここになく
　修羅のなみだはつちにふる）

さらには妹トシの臨終を前としたその代表作『無声慟哭』の中でも、自身の〈修羅〉の姿を切なく唱う賢治の声はひびいて来る。

〈こんなにみんなにみまもられながら／おまへはまだここでくるしまなければならないか／ああ巨きな信のちからからことさらにはなれ／また純粋やちいさな徳性のかずをうしなひ／わたくしが青ぐらい修羅をあるいてゐるとき／おまへはじぶんにさだめられたみちを／ひとりさびしく往かうとするか／信仰を一つにするたつたひとりのみちづれのわたくしが／あかるくつめたい精進《しやうじん》のみちからかなしくつかれてゐて／毒草や蛍光菌のくらい野原をただよふとき／おまへはひとりどこへ行かうとするのだ〉と唱い、トシと語る母親とのやりとりを聞きながら、〈どうかきれいな頬をして

／あたらしく天にうまれてくれ〉と言い、おまえの存在の気高さを語りたい言葉は数々あるが、〈ただわたくしはそれをいま言へないのだ／（わたくしは修羅をあるいてゐるのだから）〉と言う。こうして〈わたくしのかなしさうな眼をしてゐるのは／わたくしのふたつのこころをみつめてゐるためだ／ああそんなに／かなしく眼をそらしてはいけない〉という言葉で終っているが、ここにも最愛の妹の臨終の姿を前にしながら、内面の修羅の世界を歩み続ける自身の切ない想いを語っている。こうして人生の最愛の道づれとの別れを悼む賢治の、切なる心の痛みが聞こえて来よう。

三

さて、ここから問うべきは賢治が繰り返し「おれはひとりの修羅なのだ」と言う、その〈修羅〉の内容の何たるかを先ず概念ならぬ生活的現実の只中にすえて読みとってみたい。彼は先ずこの故郷を離れ東京に出たいと言うが、「お前は長男だ。この家は古着商と質屋だが、それを継げばいい。東京などへ出ることはない」と父親の政次郎から強くたしなめられ、それでも彼はしばしば上京すると、浅草オペラとか歌舞伎とか、いろんなものを覗いたり、時にはセロを持って出かけ、上野図書館やＹＭＣＡタイピスト学校に通い、またオルガンやセロの教習やエスペラント語の勉強なども試み、さらには自分の力で人造宝石を作って販売したいとまで願い、実にさまざまな欲求を示しているが、それらの夢はことごとく父親から抑えつけられてしまう。さらには盛岡の中学を出ても上の学校へ行くことも許されず、悶々たる生活を続けることになる。

然し彼が十八歳の時、ある決定的な転機が訪れる。それが父親がこれでも読めといって与えてくれた一冊の法華経の経典（島地大等『漢和対照妙法蓮華教』）であり、これが彼の内在的な意識の只中に火をつけるようになる。

法華経は数ある経典の中でもかなり古いものだが、その独自の教えのひとつは宇宙的ビジョンというか、壮大な宇宙観が説かれ、いま一つはひとたびその信仰に入れば、己れひとりの救済ではなく万人のために身を献げるという、極めて実践的な宗教であり、この実践的信仰と宇宙的ビジョンの二つが、まさに賢治の中に眠っていた心の核心に火をつけることになり、その魂の昂揚こそは、彼の生涯をつらぬく根源の力として生き続けることとなる。

以来彼は父親に屈することなく、家族もおびえるほどの熾しい論争を繰り返して父を折伏しようとするがこれは成らず、親友保阪嘉内に対しても同様、失敗して絶交状態ともなる。父の政次郎は元来浄土真宗の熱心な信者で、東京からすぐれた講師なども呼び、しばしば講習会なども開いていたほどで、この両者、父と子との葛藤の熾しさは、やがておさまって行くように見えるが、賢治の内面では生涯続く孤立感のひとつの原点ともなる。

賢治は家業を継げという圧迫を振り切るようにして、在家仏教の田中智学の国柱会に入って奉仕のわざを続けようとするが、これもその上京中のなかば妹トシの病気のため帰郷することになりそのまま終ってしまう。その後花巻農学校の教師となるが、五年ばかりで退職し、以後は故郷郊外（下根子桜）の小さな別宅に独居し、羅須地人協会を設立し、その間は肥料設計、稲作指導などに奔走し、農民のために無料で作った設計書は二千枚をも越すという。然しこの羅須地人協会の存在もやがて消え、最後に東北砕石工場の技師となり、この工場の要請により宣伝販売のため上京するが、上京後再度の発病のため、死を覚悟して家族宛の遺書も書くが、間もなく帰郷することとなり、最後の病床生活を続けることとなる。この時期あの「雨ニモマケズ」の詩篇は手帳に書かれ（昭6・11・3）、さらに童話としては最後の完成作品、文字通り「雨ニモマケズ」と表裏一体ともいうべき「グスコーブドリの伝記」（昭7・3「児童文学」第2号）の発表。最後はその詩篇の終結というべき文語詩稿五十篇、同一百篇が完成（昭8・9・22）。こうしてこの年九月二十一日、病状（急性肺炎）は急変して、その三十七年の生涯を終えることとなる。

以上は簡略に書き付けた賢治の生涯の跡だが、いずれも一貫しえなかった賢治の現実生活を貫く、その根底の心のはたらき、その志の何たるかこそ、賢治文学の詩篇、童話作品の背後にまわって読みとらねばなるまい。

四

こうして我々が再び賢治作品の核心ともいうべき部分に眼を向ければ、やはり妹トシの死をめぐる詩篇の数々、また童話の代表作ともいうべき完成作『グスコーブドリの伝記』と、ついに未完のままに終ったとみえる代表作『銀河鉄道の夜』、さらに加えて言えばあの「雨ニモマケズ」一篇の中にも読みとることが出来よう。そこで先ず「雨ニモマケズ」をどう読むかということになれば、あの中村稔と谷川徹三のこれをめぐる論争の何たるかが問われることとなろう。賢治研究の第一人者とも言うべき中村氏は、これはあの病床にある死に近づいた賢治が「ふと書きおとした過失のように思われる」と言い、さらには「宮沢賢治のあらゆる著作の中でもっとも、とるにたらぬ作品のひとつであろうと思われる」と言い、これに対し谷川徹三はこの詩を「明治以来の日本人の作った凡ゆる詩の中で、最高の詩であると思ってい」ると言う。これは余りにも極端な発言の対立と見えるが、いずれもやや詩的表現の巧拙という概念に捉われ過ぎたものではあるまいか。これはあの〈おれはひとりの修羅なのだ〉と言い切った賢治内面をつらぬく数々の矛盾と困憊の果てにふと、ひと息にあふれ出た、賢治の全生涯をつらぬく根源的な志向、また自省の念の行きついた究極の姿を語るものではあるまいか。

先に掲げた『春と修羅』一篇の中で〈けらをまとひおれをみるその農夫／ほんたうにおれがみえるのか〉という賢治に、果たして対する農夫自体のかかえた苦悩や不安の姿が見通せていたのか。ここに見る〈ほんたうにおれがみえるのか〉と言う言葉のひびきは、自身の悩みの発言ならぬ、一種昂揚した賢治自体の意識の昂ぶりが見えて来るのではないか。賢治の性格というか、その生涯をつらぬくこの意識の昂ぶりこそ、賢治自身がしばしば繰り返した内省の核心のひとつとも言えるものであろう。こうして晩年の彼の意識は反転して、〈おれがみえるのか〉と言った自分に、果たしてあの農民たちの苦しみの根源がどれだけ見えていたのかという自省の念に反転し、これがこの『雨ニモマケズ』一篇をつらぬく根底のモチーフともなるものであろう。

彼は死の十日前に教え子に与えた手紙の中で、「私のかういふ惨めな失敗はたゞもう今日の時代一般の巨きな病『慢』といふもの」のためであったと語る。ここには「僅かばかりの才能とか器量」で村が明るくなると思ったりした自身の自負と倣岸へのきびしい内省。自身の夢想と現実の、農村との埋めがたい距離。その前に立ちふさがる〈まっくらな巨きなもの〉に対する深い挫折感。この、他者の苦痛をそのまま自身の苦痛と感じる深い資質、献身にも拘らず、結局は貧しく困窮のうちにある農民に対して、自分は選ばれた特権者であるという、したたかな負い目。ついに何事をなそうとも、彼らとは一体になりえぬものであったという、その裂け目。そこにこそ彼の渾身からの祈りと深い願いが、あの一句にしたたり落ちていったのではないか。

〈ヒデリノトキハナミダヲナガシ／サムサノナツハオロオロアルキ／ミンナニデクノボートヨバレ〉――この裂け目をふたぐことができぬならば、せめて彼らの痛みを自身の痛みとし、自分の負い目として担いたい。この特権者である自己、倣岸な心をいだく自己がうちくだかれて、否、この自己をうちたたき、たたいて、彼らの痛みや苦しみのなかにのめりこんで行きたいと言う。この深い根源的な祈りの念をここに聴きとりえねば、むなしいことだ。彼は死の前日、辞世の言葉ともいうべき一首の歌を遺している。〈いたつきのゆえにもくちんいのちなりみのりにすてばうれしからまし〉と。ここにも彼の深い想いは現れているが、ここに個性的なひびきはない。然し〈ヒデリノトキハナミダヲナガシ――〉というあの詩句には、賢治の全生涯を一瞬に集約する熱い現実感がこもり、まさに賢治の語る世界をつらぬくあの〈生命律〉そのもののひびきをそこに聴きとることが出来よう。

さらに加えて言えば、見逃しえぬものに、あの〈野原ノ松ノ林ノ蔭ノ／小サナ萱ブキノ小屋ニヰテ〉という一節があり、このさり気ない言葉の奥にこそ、あの亡き妹トシへの深い想いが込められているのではあるまいか。

〈松ノ林〉と言えば、妹トシがどんなにか熱く慕っていた場所であり、あの『永訣の朝』に続く『松の針』一篇にもトシのその気持が繰り返し唱われている。〈さつきのみぞれをとつてきた／あのきれいな松のえだだよ〉と言うと、〈おお　おまへはまるでとびつくやうに／そのみどりの葉にあつい頬をあてる〉〈そんなにまでもおまへは林へ行きたがつたのだ〉〈ああいい　さつぱりした／まるで林のながさ来たよだ〉というおまえの寝る〈緑のかやのうへにも／この新鮮な松のえだをおかう〉という。これはさらにトシの没後の翌年に書いた、あの「オホーツク挽歌」の中の一篇「噴火湾（ノクターン）」の中でも、《おらあど死んでもいゝはんて／あの林の中さ行ぐだい／うごいで熱は高くなつても／あの林の中でだらほんとに死んでもいいはんて》と言うトシの熱い願いを思い出しながら、賢治が今は亡きトシと、あの松の林の中の小屋で最後を過ごしたいという、ひそかな熱い願望を語っていることも見えて来よう。

ただここでも賢治にからむ矛盾のかげは見える。この一篇を書いた「雨ニモマケズ手帳」とも呼ばれる、その手帳の冒頭には、次のような言葉が述べられている。

「大都郊外ノ煙ニマギレントネガヒ　マタ北上峡野ノ松林ニ朽チ埋レンコトヲオモヒシモ　父母

共ニ許サズ　廃軀ニ薬ヲ仰ギ　熱悩ニアヘギテ唯　是父母ノ意僅ニ充タンヲ冀フ」という所にも、その挫折と深い諦念は読みとれるが、さらにこの手帳（3～9頁、10月28日）に続いて語られる次のような言葉「快楽もほしからず名もほしからず　いまはたゞ　下賤の廃軀を法華経に捧げ奉りて一塵をも点じ　許されては父母の下僕となりて　その億千の恩にも酬へ得ん、病苦必死のねがひこのほかになし」と語る所にも、さらに続いては晩期文語詩篇の次のごとき一篇をみればどうか。〈われのみみちにたゞしきと、ちちのいかりをあざわらひ、／ははのなげきをさげすみて、さこそは得つるやまいゆゑ、／こゑはむなしく息あへぎ、春は来れども日に三たび、／あせうちながしのたうてば、すがたばかりは録されし、／下品ざんげのさまなせり。〉もはや手帳随所にみる、みずからの「高慢」を警する自戒の言は逐一あげるまでもあるまい。その生涯を貫く献身無私の営みにも拘らず、家業をつがず、定職を持たず、理想に走った自身の驕慢を許し、深く包んでくれた父母への謝念は、「廃軀」をその膝下に横たえつつ、愈々深まるものがあったと思えるが、このように語りつつ、また敢てその父母のもとを離れて、あの妹トシの慕った〈松ノ林ノ蔭ノ小サナ萱ブキノ小屋〉に棲んでその生涯を閉じてみたいと念う、この賢治の生涯をつらぬく矛盾の数々を見ずしては、賢治の作品を根源的に理解することは出来まい。

五

このトシとの交わりこそは賢治の詩や童話はもとより、その〈ひらかれた宗教観〉とも言うべき側面をも見届けるためにも、極めて重要な世界であろう。すでにその一端は『無声慟哭』などの詩篇や『雨ニモマケズ』などの中にも読みとって来たが、トシの死後の翌年、大正二年八月二日の日付けを持つ、拾遺詩篇『宗谷挽歌』の一節にもあざやかに読みとることが出来よう。

〈とし子、ほんたうに私の考へてゐる通り／おまへがいま自分のことを苦にしないで行けるやうな／そんなしあはせがなくて／従って私たちの行かうとするみちが／ほんたうのものでないならば／あらんかぎり大きな勇気を出し／私の見えないちがった空間で／おまへを包むさまざまな障害を／衝きやぶって来て私に知らせてくれ。／われわれが信じわれわれの行かうとするみちが／もしまちがひであったなら／究竟の幸福にいたらないなら／いままっすぐにやって来て／私にそれを知らせて呉れ。／みんなのほんたうの幸福を求めてなら／私たちはこのまゝこのまっくらな／海に封ぜられても悔いてはいけない。〉

ほかにも『青森挽歌』などの詩篇もあるが、ただひとりの同信の伴侶としての妹トシへのこれほど熱い想いと願望を勁く語ったものはあるまい。同時にトシへの想いに一種エロス的な感触のにじんでいることも否めまい。言わば〈信〉とその変態としての〈恋愛〉という、このアガペエとエロスの濃密な相関は、また賢治にとっては引き裂かるべき相克でもあった。しかも引き裂かんとして引き裂きえざるエロスとアガペエの葛藤こそ詩人賢治の生涯をつらぬく〈分立〉ともいうべき、いまひとつの側面でもあった。我々はその凝縮されたドラマの一端をこの『宗谷挽歌』の一節にあざやかに読みとることができよう。〈みんなのほんたうの幸福を求めて〉という、そこに〈信〉への倫理的な希求のうめきをみるとすれば、〈私たちはこのまゝこのまっくらな／海に封ぜられても悔いてはいけない〉というところにエロス的ともいうべき、ひそかな〈共棲願望〉の熱く、また暗い倍音ともいうべきものを聴きとることができよう。からだを〈けがれたねがひにみたし〉つつ〈挑戦〉しようという。そこに敢てこの相克にまるごと身をゆだねようとする詩人のエロスへの、〈普遍〉ならぬ〈個〉としての欲望への執着をみるとすれば、やがて晩期文語詩稿などにみるエロスの消滅、さらには〈おれ〉や〈わたくし〉という〈個〉の消滅の影をどう読みとればいいのか。然しここではひとまず転じて、賢治の童話世界のさらなる一端に眼を転じてみたい。

六

もはや残る紙数も尠なく、童話の世界もその一端にふれるとすれば、賢治童話をつらぬく軸は処女作『双子の星』に始まり、賢治がこれだけは完成作として発表し、読者につよく語りかけようとした作品とした、あの『グスコーブドリの伝記』一篇を挙げ、続く未完の大作『銀河鉄道の夜』に至る一筋の道を辿ってみたい。『双子の星』は生前未発表の作品だが、大正七年夏『蜘蛛となめくぢと狸』と共に家族に読み聞かせた（大正七年夏頃）という処女作で、題名通り双子の星チュンセ童子とポウセ童子は天の川の西の岸、小さな水晶の宮に向かいあって坐り、毎夜星めぐりの歌に合わせて、銀笛を吹くのが役目だが、この無垢なる存在は何ひとつ疑うことを知らず、さまざまな危険やたくらみにさらされながら、たとえば戦い合う大烏（星）や蠍（星）の争いにまきこまれれば、共に傷つけあう両者の苦しみを、自身も死ぬほどの痛みにたえながら助けやろうとし、このためにいくたびか危機にさらされるが、最後は無事に救われ天上界に還る。こうしてすべては天帝のめぐみのなかに納められ、明るく自足の内環を閉じる。

これを評してあるすぐれた評者は「この底抜けの明るさは、内面の修羅相に悶える詩人が心の底で希求した対極点のそれであろう」（天沢退二郎）と言い、この指摘をふまえて別の評者は、「この作品の楽天性・甘さが、いかに止揚されて『銀河鉄道の夜』へと熟していったかの考察が、賢治童話の骨格をどう捉えるかに関わる重要な問題であろう」（小沢俊郎）と言う。これらのすぐれた指摘にすべては尽くされているとも言えるが、付け加えて言えば、「二人は青ぐろい虚空をまっしぐらに落ちました」「二人は落ちながらしっかりお互いの肱をつかみました。この双子のお星様はどこ迄でも一諸に落ちやうとしたのです」という一節にこそ、あの妹トシと共に何処までも生きようとした賢治の熱い想いが伝わって来よう。このチュンセとポウセという名前はそのままトシへの想いを語るあの自伝的小品『手紙四』（大12の下旬〜大13の初旬か）の中でもそのまま使われている。

病いで横たわる妹のポウセに「雨雪をとつて来てやろうか」と言うと、「うん」とポウセはやつと答える。「チュンセはまるで鉄砲丸のやうにおもてに飛び出し」「松の木の枝から雨雪を両手にいつぱいとつて」来てポウセにたべさせるが、やがて「ぐたつとなつていきをつかなく」なる。「おつかさんはおどろい」て泣きながらポーセの体をゆすぶるが、「ポーセの汗でしめつた髪の頭はたゞゆすぶられた通りうごくだけ」で、「チュンセはげんこを眼にあてて、虎の子供のやうな声で泣きました」という。ここにはあの詩篇「永訣の朝」以上に、トシの臨終と賢治の悲痛な姿をまざまざと伝えるものがあろう。さらに「私にこの手紙を云ひつけたひと」は、「あらゆる虫も、みんな、みんな、むかしからのおたがひのきやうだいなのだから。チュンセがもしもポーセをほんたうにかあいさうにおもふなら大きな勇気を出してすべてのいきもののほんたうの幸福をさがさなければいけない」と言う。

我々はここで、あの『銀河鉄道の夜』初期形の最後の「セロのやうな」不思議な声を想い出す。「おまへはもうカムパネルラをさがしてもむだだ。」「みんながカムパネルラだ。おまへがあふどんなひとでもみんな何べんもおまへといっしよに苹果をたべたり汽車に乗ったりしたのだ。だからやっぱりおまへはさっき考へたやうにあらゆるひとのいちばんの幸福をさがしみんなと一しょに早くそこに行くがいい、そこでばかりおまへはほんたうにカムパネルラといつまでもいっしょに行けるのだ。」。この声は主人公のジョバンニの耳に熱くひびくが、こうしてチュンセとポーセは、ジョバンニとカムパネルラに転化し、賢治内奥の根源のモチーフは重層しつつ、さらに深まってゆく姿が見えて来よう。

さてここで〈銀河鉄道〉の中の一挿話として見逃しえぬものがあり、それがあの〈蠍の火〉をめぐる一場面である。

「川の向ふ岸が俄かに赤くなりました。楊の木や何かもまっ黒にすかし出され見えない天の川の波もときどきちらちら針のやうに赤く光りました。まったく向ふ岸の野原に大きなまっ赤な火が燃されその黒いけむりは高く桔梗いろのつめたさうな天をも焦がしさうでした。ルビーよりも赤くすきとほりリチウムよりもうつくしく酔ったやうになってその火は燃えてゐるのでした」と言う。あれは何の火かとジョバンニが訊くと、〈蠍の火〉だとカムパネルラが地図を見ながら言い、同席の女の子が父から聞いた話だといって、蠍の火の話をする。

むかしパルドラの野にいた蠍は、小さな虫などを殺して食べていたが、ある日いたちに追いつめられ、井戸に落ちこんでしまう。死を前にした蠍は苦しみつつ神に祈る。「あゝ、わたしはいままでいくつのものの命をとったかわからない」。だが今度は自分がこうなった。どうしてこの命をいたちに呉れてやらなかったろう。「どうか神さま。私の心をごらん下さい。こんなにむなしく命をすてずどうかこの次にはまことのみんなの幸のために私のからだをおつかひ下さい」。このように祈っていると、いつか蠍は「じぶんのからだがまっ赤なうつくしい火になって燃えてよるのやみを照らしてゐる」のを見る。こうしていまもその火は燃えつづけているが、やがてその〈蠍の火〉も遠くなり、姉弟たちとの別れが来る。再び車内はがらんとなり、とり残されたジョバンニが「カムパネルラ、また僕たち二人きりになったねえ、どこまでもどこまでも一諸に行かう。僕はもうあのさそりのやうにほんたうにみんなの幸のためならばそしておまへのさいはひのためならば僕のからだなんか百ぺん灼いてもかまわない」と言うと、「僕だってさうだ」とカムパネルラも涙ぐみつつうなずく。やがて〈石炭袋〉と呼ばれる「大きなまっくらな孔」がみえる。「僕もうあんな大きな暗の中だってこわくない。きっとみんなのほんたうのさいはいをさがしに行く。どこまでもどこまでも僕たち一諸に進んで行かう。」「あゝきっと行くよ」とカムパネルラも答える。さらに繰り返し「カムパネルラ、僕たち一諸に行かうねえ」と言いつつふりかえると、もうカムパネルラの姿はない。ジョバンニはここであの「まるで鉄砲丸のやうに立ちあがり」「窓の外へからだを乗り出して力いっぱいはげしく胸をうって叫びそれから咽喉いっぱい泣き」だす。「もうそこらが一ぺんにまっくらになったやうに思」う。

ここでジョバンニの夢は醒めるが、ジョバンニの夢のこの終末の一連の展開に、この作品に注いだ賢治のすべてはあると言っていいが、ただ注目すべきはあの〈蠍の火〉の描写に残る矛盾の一端であろう。それは「ルビーよりも赤くすきとほりリチウムよりもうつくしく酔ったやうになって」燃え、「まっ赤なうつくしい」「音なくあかるくあかるく燃え」る火だという。しかしその冒頭には、その火とともに「その黒いけむりは高く桔梗いろのつめたさうな天をも焦がしさうでした」という。〈銀河鉄道〉をめぐる天上界は、周知のごとく美しいキリスト教的イメージで彩られ、白い十字架が円光をいただいて立ち、ハレルヤや讃美歌の声が聞こえ、車中にはカトリック風の尼や多くのキリスト教徒たちが乗り込み、すべては青白く透きとおるまでに敬虔な情景が纏綿するが、その中に燃える〈蠍の火〉は、その「桔梗いろのつめたさうな天をも焦がしさう」に燃えているという。

ここには宗教的世界の敬虔への共感と同時に、そのとりすました〈つめた〉さ、言うならば既成の宗教への作者のつよい違和感が込められ、〈つめたさうな天〉を焦がす〈黒いけむり〉とは、賢治自身の矛盾を語るものでもあろう。『銀河鉄道の夜』の原稿はいくたびか書き直されているが、このつめたい天を焦がす〈蠍の火〉の姿は三たび改変される原稿の中で繰り返し、そのまま残っている。この矛盾に満ちた熱いイメージこそ、賢治が自身を〈おれはひとりの修羅なのだ〉と呼んだそれと、熱く一体化しているものではないか。

七

ここで最後に『グスコーブドリの伝記』一篇にふれてみたい。もはやその内容については述べる余裕もなくなったが、ジョバンニに語らせた「あのさそりのやうにほんたうにみんなの幸のためならば僕のからだなんか百ぺん灼いてもかまはない」と言う、この祈りが作品に具現化したものこそこの一篇ではないか。周知のごとくブドリは冷害からイーハトーブ地方を救うために、カルボナード火山島を爆破し、自身の身を灼いてその生涯を閉じる。これが〈ありうべかりし賢治〉を描いた完結作とすれば、『銀河鉄道の夜』はなお未定稿として遺る。『銀河鉄道の夜』のジョバンニがカムパネルラ（＝トシ）との痛切な別れと、祈りつつなお〈修羅〉の炎をもやす主体の夢を宿しつつ、地上に帰還する物語とすれば、逆にブドリは己れの〈夢〉を燃やしつつ天上へと帰還する。

私が「いま爆発する火山の上に立つてゐたら」、それがみんなの役に立ったら「何といふ愉快でせう」（前形「グスコンブドリの伝記」）とブドリは言う。これは献身の情熱という以上に、一種エロス的な心情の昂揚というほかはなく、このブドリの〈はね上り〉の背後に何があるかと言えば、さらに初型の『ペンネンネンネンネン・ネネムの伝記』（生前未発表執筆は大正10年かあるいは11年）

にあると言えよう。これは過剰なまでにあふれる化物の世界で、これを語る賢治のペンは、書くという〈力学〉自体のエロスに溢れ、背後の筆者賢治自体の才能を動かす一種独自のエロス的な昂揚の韻律的展開がみられるが、これも一変して最後は、「私のやうなものは、これから沢山できます。私よりもつともつと何でもできる人が、私よりもつと立派にもつと美しく、仕事をしたり笑つたりして行くのですから」という『グスコン』ならぬ『グスコー』終末のブドリの言葉こそ、賢治自体を深く自省させた、あの表現者としての意識の昂ぶりを裏返して行くものであり、こうしてブドリは二重の意味でジョバンニの〈夢〉をみたし、天上界へと飛翔する。

　これを代償とするかのごとくジョバンニは〈わが痛き夢〉を抱いて帰還する。思えば、はじまりの時を語るあの『双子の星』から『グスコーブドリの伝記』、さらには『銀河鉄道の夜』への展開は、詩人のしいられた〈夢〉の幾曲折かを経た、ひとつの帰還の物語であり、これをつらぬくものがエロスとアガペーの織りなす未完のドラマであったことは、もはや再言するまでもあるまい。後期形ではカムパネルラの消えたあと、夢から醒めたジョバンニは母のための牛乳を需めて帰って行く途中、河に落ちたザネリを救わんとして犠牲となったカムパネルラの死を知り、さらにカムパネルラの父から彼の父親の帰還の報告を受ける。北海の涯で労役に苦しむ父の姿を想い描く場面は最終型では省かれているが、この未完の作に続くものがあるとすれば、父親の帰還はまたジョバンニの、この地上での現実世界の新たな展開を暗示するものであろう。

八

すでに紙数も尽きたが、最後に賢治における〈ひらかれた宗教性＝観〉の何たるかにふれれば、ジョバンニが対話をかわした姉弟を連れて、この銀河鉄道の車内に現れたキリスト者の青年とジョバンニの、あの対立する会話の場面に見ることが出来よう。「ほんたうの神さまはもちろんたった一人です」という青年に対し、「あゝ、そんなんでなしにたったひとりのほんたうのほんたうの神さまです」と語るジョバンニの熱いこの言葉にこそ、背後の賢治の心にひそむ〈ひらかれた宗教性〉の何たるかへの、熱い心熱の叫びとも言えるものがひびいて来よう。

この賢治の心の眼をひらいたものこそ、ほかならぬ妹トシであり、彼女が学んだ日本女子大学の学長成瀬仁蔵の講義の中の〈大宗教〉なる一語は彼女の心に深く残り、晩年病床に横たわる賢治を訪ねたあの詩人黄瀛が聞いた言葉の中で、繰り返し語るこの賢治の言葉こそ、賢治の裡なる最後の宗教性をひらいたもので、賢治生誕百年の記念講演で共に語った黄瀛氏と同席となり、この〈大宗教〉とは何ですかと訊ねても、分らなかったと言われたが、これがほかならぬ妹トシが賢治に残した言葉であることを知り、ここでも賢治とトシの並ならぬ心の交わりを感じたものである。

かつて花巻の弟清六さんを訪ねたこともあるが、それ以前にもらった書簡の中で、「あなたの言う通りだ。賢治は若い学生時代に聖書も読んでいる。教会にも時に顔を出している。なによりも内村鑑三のものを真剣に読んでいる。あなたの仰言る通りだ」と言われ、また内村の愛弟子で賢治とも交わりの深かった斉藤宗次郎さんの宅も訪ね、「賢治をみちびき、範を示されし」斉藤先生という言葉を示されたが、これは清六氏が送った賢治著作集の一巻にしるされた言葉で、その忘れえぬ賢治との精神的交流の深さをしみじみ語られたものである。

あの臨終直前、床の上に坐って〈南無妙法蓮華経〉と高々とお題目を唱え、父親にはあの十八歳の時読んだ法華経経典一千部を知人に与えてくれと願った賢治の中には、並ならぬ彼の意識の昂揚がみられ、しかもこれはそのひらかれた宗教観となんら対立するものではなく、賢治の溢れる宗教的、また倫理的意識の共なる昂揚の姿をここにみることができよう。また最後は父親に、あの押入れの中の数々の原稿をどうするかと問われ、これはすべて「私の迷いの跡ですから適当に処分して下さい」と言い、父親を感服させるが、また一面、弟の清六に対しては「おれの原稿はみんなおまえにやるからもしどこかの本屋が出したいといってきたらどんな小さな本屋でもいいから出版させてくれ」と言い、さらに母親には「この童話はありがたいほとけさんの教えをいっしょうけんめいに書いたものだんすじゃ、だからいつかは、きっとみんなよろこんで読むようになるんですじゃ」とこの母への言葉は内田朝雄氏の紹介する所だが、この三者三様の答えの中にこそ、賢治の精神をつらぬく矛盾の只ならぬひびきが伝わって来よう。

また晩期の病床で妹に手伝ってもらいながらかきとめた「文語詩稿一百篇」「同五十篇」の存在については、妹になんと言うても「これがあるもや」と語る賢治の言葉には「春と修羅」三巻をつらぬく只ならぬ意識と言葉の昂揚への否定、また批判の想いが述べられているようだが、これもあの肉親への言葉同様、賢治の仕事、またその意識の一面を語るものであり、改めて賢治の残した〈生命律〉のひびきの何たるかは、繰り返し問い返してゆく必要があろう。この賢治の生涯をつらぬく矛盾、またその意識の激しい変現の只中にこそ、賢治の中の敬虔な宗教的心情、また他者への徹底した倫理的志向と同時に、反面その只ならぬ詩人としての意識のつよい昂ぶりを見るものだが、これら一切の矛盾を捉えてこそ、賢治の独自の世界を読みとることが出来、そこにこそ我々にとっての〈文学の力〉の何たるかの根源の意味を読みとることが出来るのではあるまいか。

あとがき

一

今回の宮沢賢治特集は実は二度目のもので、前回はこの論集の第五十巻の記念号として賢治研究の特集号を作り（『宮沢賢治を読む』二〇〇二年五月）、論者としては原子朗、天沢退二郎の両氏をはじめとし、松田司郎、秋枝美保、山根知子の各氏を学外の論者として迎え充実したものとなったが、今回もまた前回に劣らぬ独自の賢治論として刊行出来るのは望外の喜びであり、今この時代に賢治を改めて読むことは、まさに〈文学の力〉の何たるかをあきらかに語るものとして注目すべきものがあろう。あの〈三・一一〉と呼ばれる四年前の東北の大震災を迎えて以来、賢治の読者はさらに広がり、幼い頃から同じ東北の災害をいくたびも経験し、最大の被害者である農民のために己れの生涯を尽くそうとした賢治の作品は、今再び新たな力をもって我らに深く迫るものがあろう。こうして此度の論のいずれもが出色の独自の趣意を語るものだが、この内容を逐一紹介する余裕は無いので、論者の紹介と共に、各論の中心点を簡潔に示すことでお許しを戴きたい。

二

先ず巻頭の論者原子朗氏はこの論集では再度の執筆だが、やはり卓抜した賢治論を展開しておられる。数々のすぐれた論は別として、最も我々の心をひきつけるのはあの『宮沢賢治語彙辞典』と銘うった労作であり、これは三たび改訂されて来たが、賢治の科学、宗教その他種々の膨大な分野にわたる発言の数々の趣意を見届けることは容易なことでは無く、この労作に尽くされた原氏の熱意には心打たれるものがある。その専門とされた「修辞学」を土台とした指摘、分析の数々には、まさに我々の眼を大きくひらいてくれるものがあり、加えて「宮沢賢治イーハトーブ館長」も長く勤められ、さらには長く続けられて来た賢治研究の講座や、時間があれば繰り返し出向いて、花巻周辺の多くの中学校などでの生徒への熱い想いを込めた講義も行なわれ、このような働きの数々を挙げれば切りもあるまい。そこで今回は巻頭の一文にも書かれている通り、あの『宮沢賢治語彙辞典』の決定版を出された頃から、その只ならぬ大変な御労苦のため体調も崩され、本格的な論文の執筆などはとても無理だと言って居られた所を、この賢治論集の巻頭文はやはり原さんにという勁《つよ》い願いを引き受けられ、それではということで賢治体験の一面をかろやかなエッセイ風に語って戴くこととなった。題名は「賢治の『おもしろさ』と『むづがすさ』」という言葉通り、もともと言語論、修辞論などの独自研究を続けておられ、その中の二冊ばかりは小生なども感銘を受けて読んでいたものだが、これは賢治論の中でも卓越した、言わば垂直的、立体的な文体論として展開されて来たが、その一端は今回の一文の中にも遺憾なく述べられている。

また論者のひとりが欠けたための余白もあって、巻頭の一文に添えて掲載させて戴いた『生命と精神―賢治におけるリズムの問題』でも見事に語られている。これはかなり以前のものだが、今もって卓抜な論として我々の胸を深く搏《う》つものがある。こうしてこのエッセイ風な一文に添えて、原さんならではのものとして掲載させて戴くことになった。さらに中国のすぐれた方の『雨ニモマケズ』の訳文も紹介され、併せて『賢治曼陀羅』と題した図面の、原さん独自の賢治における宗教性の魅力的な紹介の資料も掲載されることになり、これらを綜合すれば、まさに賢治研究の第一人者ともいうべき原さんの仕事の見事さが改めて見えて来よう。これらを敢て巻頭に紹介させて戴いたことは実に有難いことで、読者の方々の興味も心から期待するものである。

さて次の論者鎌田東二氏の「分子の脱自―宮沢賢治のトーテミズム、その墜落と飛行」と題した一篇は、題名通りの異色の論と見られるが、実は賢治の表現世界の何たるかの核心に鋭くふれた独自の論である。鎌田氏の専門は宗教哲学、日本思想史、民俗学など多岐にわたり、わけても神道学に関する著書などは多いが、小生の眼を開いたのは『霊性の文学誌』(二〇〇五、作品社)であり、十九章にわたる数々の作家としては、遠藤周作、三島由紀夫、中上健次、高橋和巳、さらにはドストエフスキー、ニーチェ、バタイユなど、内外のすぐれた文学者や思想家にふれているが、わけても巻頭、巻末に掲げられている賢治論は出色のものであり、賢治の詩集『春と修羅』は愛読書の随一であり、いつも旅行中には携えていたものだと言い、特に魅かれるのは「わたしは、宮沢賢治を日本最高の詩人であると思っている。世界を見渡しても、一二を争う詩人であると確信している」と言い、その卓抜した魅力をひと思いに語るその文体とみなぎる熱い思いは、まことに感慨深いものであり、実はこの巻中の拙論の中でも感動をそのままに引用したものである。

この鎌田氏「分子の脱自」と題した文中では、冒頭にあの賢治の最晩年の小説『疑獄元兇』をとりあげ、元鉄道大臣小川平吉が疑獄により逮捕されたが、この被告が検事と向き合った場面にふれ、「いつか向ふが人の分子を喪くしてゐる。皮を一枚脱いだのだ。小さな天狗のやうでもある。それから豺のトーテムだ」と語られている。これは「岩手日報」の「宮沢賢治氏追悼号」に賢治の遺稿として掲載されたものだが、賢治の亡くなる二週間ほど前の朝届いた「時事新報」に小川平吉らの疑獄事件の無罪判決の記事があり、父親の政次郎がこれを見て、「自分にしかわからないものではなく、大衆が読んでわかるものを書いたらどうか」と言われ、賢治が即座に筆をとって六枚ほどの原稿を書いてみせたが、父親はこれを読んで一言も語らなかったという。新聞記事を読んで賢治は即座にその人物の内面に入るや、「あっという間に『心象スケッチ』をものしてしまう」。賢治が自分の作品のすべては『心象スケッチ』と称していたのは周知の通りだが、その『心象スケッチ』が今まさに生涯を閉じようとする最後の場面において、いかんなく現れているのだ」という。この「賢治の資質や業とすら言える特異な『自動性』をわたしたちはこの父子の確執が垣間見える場面から見て取ることができる」であろうと鎌田氏は言う。

たしかに賢治と父親との確執の深さはここにも明らかだが、いま一歩踏み込んでみればどうか。

実は私もこの『疑獄元兇』論を頼まれて書いたことがあるが、これをどう読むかということで「〈父と子〉のモチーフをめぐって」と題し、賢治の小説的作品は『家長制度』に始まり、『疑獄元兇』で終るが、共にそこには父と子の葛藤があざやかに語られているが、然しこの両者の葛藤の底にあるものは何であろうかということで、拙稿の一番最後で、それは賢治没後のことだが、その通夜の夜食の席は『疑獄元兇』を書いた常居の座敷であったが、父政次郎が常居の電燈をさして、はなしはじめたという次の言葉にふれてみた。「賢治はあの電燈のタマに、強い電流を一ぺんに流したようなもので、ござんすべ。パット強く白色光をはなして、目もくらむほど明るくなって、あとは、しんと暗くなってしまったようなもので、ござんせんか。」「わたしは、あれが天才のような男だと、早くから知っておりました。そしてあれが天馬のように、地上から飛び去ってしまわないように、私は太い棒杭と、丈夫な縄になって、あれをつないでおこうと思ったのでござんす」と語っている。この父の言葉は賢治の生涯を語るとともに、また『疑獄元兇』への対者の返歌ともみえる。「強い電流を一ぺんに流し」「白色光をはなして、目もくらむほど明るく」したり、「あとはしんと暗くなってしまった」とは、賢治の生涯を語りつつ、またおのずからその散文世界をつらぬく根源の姿をあらわしたものではなかったか。この作品をつらぬく過激な概念の流れに、父はある言いがたく深い何ものをか感じとっていたはずである。父の沈黙はまさにその無言の返歌であり、『家族制度』に始まり『疑獄元兇』に至る青年とその対者（生活者）との微妙な葛藤の流れは、いま散文的結末ならぬ、ひらかれたひとつの激情を示してその生涯の最後に置かれる「この作の向こうに我々は何を見るか—、しかし私に言えることはひとまずここまでである」。これが拙稿の最後の言葉だが、この拙稿の問いの終る所から、鎌田氏の問いはさらに深まり、賢治独自の表現世界に踏み込んで行く。鎌田氏の論は絶妙に展開して行くが、もはやその紹介は略させて戴くとして、その論の結末、あの『グスコンブドリの伝記』で主人公のブドリの語る「私はその大循環の風になるのです。あの青ぞらのごみになるのです」という言葉にふれ、賢治の生涯とその作品こそは、この人間世界の犠牲者の声のすべてをかかえつつ、『大循環の風』のように発信したものではないかという。この結語に至る迄の流れの数々にふれることによって我々の賢治世界への新たな眼はさらにひらかれるであろう。我々につたわるものは賢治世界の魅力を熱く語る鎌田氏の表現自体の見事さにある。是非この声はしっかりと読みとってほしいと思う。同時に紹介しておきたいのは岩波現代文庫の一巻ともなっている『宮沢賢治「銀河鉄道の夜」精読』と題したものであり、鎌田氏の論の反面に見る文字通りの見事な賢治の路であることもご紹介しておきたい。

さて次は賢治の最高作品のひとつ『グスコーブドリの伝記』と、あの東北の大災害を結びつけた北川透氏の「『グスコーブドリの伝記』と三・一一東日本大震災」と題した一篇であり、今日賢治を論じる必然性の何たるかを示す独自の論であり、あの大災害の記憶さえも時間と共にやがて風化し始めて行く「この人間的自然の不条理や残酷さに、本質的に関わることができるのは、文学や芸術しかないはず」で、現実の被害に対しては「被災地に差し出されるおにぎり一個、手袋一揃いの役にも立ち」えないものだが、然し災害の「〈それ以後〉、つまりafterwardをどう語るかというところに」、文学本来の力ともいうべきものが見られるのではないかと語り、賢治晩期の秀作ともいうべき『グスコーブドリの伝記』こそは、まさに〈それ以後〉を語るものとして注目すべきものがあるのではないかと述べ、未定稿も多い賢治作品の中では、「十分に推敲された決定稿としての性格が出て」いるものだと言い、以下原型とみられる『ペンネンネンネンネン・ネネムの伝記』から『グスコンブドリの日記』さらに最終稿『グスコーブドリの伝記』に至るその道筋を微細に辿り、賢治の語らんとするものの何たるかが明らかに示されている。

勿論ここには賢治自身が生涯繰り返し体験した東北の災害の体験があり、ここにも賢治自身の体験をふまえたものとして、『ブドリの伝記』は歴史的に東北地方を襲ってきた災害の〈それ以後〉を〈それ以前〉の二重性において語るという「すぐれて今日的テーマを展開してきたの」だと高く評価しているが、同時に周知の如く作品末のあの「火山噴火を操作するアイデア」には、「擬科学的な無理が目立ち始め」、「物語として不自然な自己犠牲のテーマが折り込まれ」、ここには「賢治の『法華経』信仰からくる『菩薩行』の思想の反映」が、作品自体を「大きく限界づけ」てしまう所もみられ、そこに「文学と宗教（理念）との相克をどう考えるか」という問いは残るという。この末尾の言葉にはこの作品に賢治の生涯をつらぬく他者の救済のためには喜んで自分の命を捧げて悔いはないという賢治特有の姿を見るという一般的な読みに対して、作品固有の表現の達成の何たるかを問う、この作品自体に対する論者としての妥協のないきびしい批判の一面もみられるが、これは北川氏自身の抑制された論者としての誠実な一面を示すものであろう。

ここで北川氏の世界をさらに眼をひらいて見ようとすれば今回、新たな刊行の始まった『現代詩論集成』全八巻（思潮社）の世界であろう。第一巻「鮎川信夫と『荒地』の世界」に始まり、第八巻「谷川俊太郎の詩と時代」に至る世界は、同時に詩人のみならず第四巻「三島由紀夫と太宰治の戦場」や第七巻「吉本隆明論思想詩人の生涯」なども示すごとく、概念的な詩の世界を切り拓き、まさに〈現代詩論集成〉と名付けて時代の矛盾の生み出す世界の何たるかを問いただす、まぎれもない〈文学の力〉そのものの何たるかがここにも見えて来よう。北川氏の世界の愛読者のひとりとして敢て述べさせて戴いた次第である。

次は再度にわたって執筆をお願いした山根知子氏の「宮沢賢治の根底なる宗教性」と題した論孜であり、賢治における宗教性は先ず青年期にふれた島地大等の語る「大乗起信論」にふれ、次には法華経の核心ともいうべき「如来無量品第十六」の説く所は賢治の生涯を貫く宗教性の基盤ともなり、賢治の受けた感銘の一端は友人保阪嘉内宛の書簡に見る「南無妙法蓮華経と一度叫ぶときには世界と我と共に不可思議の光に包まれるのです」という言葉にも熱く語られている。然し父政次郎が関西旅行に誘い、数々の異なる宗教の寺院なども訪ね、その宗教心の一面に偏らぬことを配慮した影響などもあり、その宗教性はさらに広く開かれて行くことになる。こうして賢治の宗教性には開かれたものとしてキリスト教聖書のひびきなども見られるようになり、これは『烏の北斗七星』などの童話にもみられるようになるが、然し賢治の宗教性を根源的に拓いたものは妹トシであり、彼女は学んでいた日本女子大学の学長成瀬仁蔵の説く諸宗教は帰してひとつとなるべしという帰一協会の創立やその講義の中で聞いた〈大宗教〉の一語に見る〈ひらかれた宗教性〉の何たるかに眼をひらかれるようになる。この賢治の生涯をつらぬく宗教性の変化は緻密に紹介されているが、やはり見るべきはその晩期のひらかれた宗教性の何たるかにあり、最愛の妹トシの亡き後、晩期の賢治の胸に宿っていたものは、このトシの語る拓かれた宗教、〈大宗教〉なるものの何たるかをみつめる熱い想いに込められていたとみられる。この妹トシの影響はその名著「宮沢賢治　妹トシの拓いた道—『銀河鉄道の夜』へむかって」につぶさに語られ、私などの常に求めていた〈ひらかれた宗教〉とは何かという課題への根源的な影響として眼をひらかれたものである。

この〈大宗教〉なる一語をかつて晩期の病床にあった賢治を訪ねた中国の詩人黄瀛氏は〈大宗教〉という言葉を繰り返し賢治から聴いたという。そこでたまたま東京でひらかれた賢治百年の記念講演会の講師となった私は同じ講師であった黄瀛氏と会食の席で隣り合わせ、あの賢治の語った〈大宗教〉とは何ですかと聴いても、分らぬ言われる。これは何であろうと思っていた時、山根氏の先に挙げた著書にふれ、それがトシが学んだ日本女子大学学長の成瀬仁蔵氏から聴いた言葉を繰り返し賢治と語っていたと思われ、それをトシの亡きあと彼女のことを想い続けていた賢治の胸に最も熱く残っていたものであろう。これを晩期の病床で黄瀛氏に語ったという。その熱い言葉のひびきにこもったものは、あの未完の著『銀河鉄道の夜』でジョバンニがクリスチャンの青年の語る「ほんたうの神さまはもちろんたった一人です」という言葉に対し、自分の求めているのは「そんなんでなしにたったひとりのほんたうのほんたうの神さまです」と言い張る所にあるのではないか。この部分にふれて賢治論者の最高のひとりというべきあの吉本隆明氏はその生涯にわたる賢治論のすべてを収めた『宮沢賢治の世界』（筑摩書房）の巻末に掲げられた「宮沢さんのこと」と題した「第十九回宮沢賢治賞受賞者のあいさつ」の中で黄瀛氏は「自分にもわからないような、でも聞いていると何か恐ろしいような宗教の話をしてくれた」というが、これこそは「宮沢さんの最後の頃の、いわば『ほんたうのほんたう』のいっているときの、宮沢さんの宗教的な姿ではないかと思います」と語っている。これはまた吉本氏も求めていた〈ひらかれた宗教〉とは何かということへの熱い想いを語るものであり、私の心にも残る熱い感銘である。このたびの山根氏の論稿でも再びふれることが出来、心から嬉しく想っている。

さて次は木原豊美氏の「同時代を生きた宮沢賢治と金子みすゞの世界」と題した一篇であり、恐らく読者の多くがこれは珍しいと想われる所であろう。たしかに今まで賢治とみすゞの関係は公けに論じられていないといってよかろう。然しひとたび眼をひらいて見ればどうであろう。「文学」とは一切の概念の枠を切りとって根源から読みとることであり、今回もこの講座の主題は「宮沢賢治の切り拓いた世界とは何か」と題したものであり、賢治の作品が詩であれ、童話であれ、すべては心象スケッチですと言い切っているように、いわゆる詩や散文の概念を切り払った所で賢治は自身の意識の点滅し続ける印象のすべては、そのままに〈心象スケッチ〉と呼び『春と修羅』も詩集とは銘うたず、〈心象スケッチ〉と表紙にも記されている。賢治の詩が近代詩の枠をはずした表現の世界とすれば、金子みすゞの作品を最初に高く評価したのは詩人の西条八十であり、以来、みすゞは西条を自分の文学の師と仰いでいたと思われるが、注目すべきは西条八十自身、その処女詩集『砂金』の序に次のように語っている所である。

「詩作の態度としては、私は終始自分の心象の完全な複本カウンタバードを獲たいとのみ望んでゐた。故国木田独歩氏が少年時の私に聴かされた言葉の中に、『昔から人の死を描かうと企てた作家は多い、が孰れも其人物の死の前後の状態、若くは其臨終の姿容を叙述するに止り、当の『死』其物を描き得た者は絶えて無い』と云ふのがあつた。この言葉は今でも私の耳に強い響として残つてゐるが、私は今日像現しようと努めてゐるのも、独歩氏のこの所謂『死』其物の姿に他ならぬ、即ち閃々として去来し、過ぎては遂に捉ふる事なき梢頭の風の如き心象、迂遠な環境描写や、粗硬な説明辞を以てしてはその横顔（プロファイル）すら示し得ない吾人が日夜の心象の記録を、出来得るかぎり完全に作り置かうとするのが私の願ひである。」「私のこのアワンチュールが果して幾何の功を収め得たか、それは未だ自分自身で裁断する時期に達して居らぬ」という。ここで繰り返される〈心象〉〈心象の記録〉とは何であろう。この眼が拓かれ一切の既存の概念では捉えられぬ、横顔（プロファイル）にゆらめく〈風の如き心象〉この我々が日夜心にひらめく〈心象の記録〉を完璧に作り描いて行こうとする、これは表現者としては只ならぬ〈アワンチュール〉ともみえるが、敢て挑戦してみざるを得ないということには只ならぬ表現への熱意が語られ、まさに〈心象の記録〉とは言っているが、〈心象スケッチ〉そのものとも言えるのではないか。しかも死者の外型ならぬ「死」其物の本体を問い尽くそうとは。それが散文であれ、詩であれ、対象の根源なるものを一切の表現的概念を棄てて感受し、表現しようとするものではないか。この西条八十の熱い言葉は、やはり我々の胸につよくひびくものがある。この西条八十が深く共感した童謡詩人であったことを想えば、みすゞの世界はどうひびいて来ようか。たとえばその代表作として先ず挙げられるあの『お魚』一篇を見ればどうか。

〈海の魚はかはいさう。／お米は人につくられる、／牛は牧場で飼はれてる、／鯉もお池で麸を貰ふ。／けれども海のお魚は／なんにも世話にならないし／いたづら一つしないのに／かうして私に食べられる。／ほんとに魚はかはいさう。〉。あるいは『大漁』という詩では鰮の大漁にふれて〈濱は祭りの／やうだけど／海のなかでは／何萬の／鰮のとむらひ／するだらう〉と唱う。『金子みすゞ童謡集』『金子みすゞ全集』をあいついで完成し、文字通りみすゞ研究の土台を作った矢崎節夫氏は、この『大漁』一篇を読んだ時、「大学一年であったが激しい衝撃を受け」「それは人間中心のまなざしをひっくり返されるほどの衝撃」で、「生き死にをこんなに鮮烈に歌え」「見えない海の底の悲しみにまで佇める」この『大漁』一篇との出会いこそみすゞ探究のはじまりともなったと言い、さらに二年後には〈誰にもいはずにおきませう。／朝のお庭のすみつこで、／花がほろりと泣いたこと。／もしも噂がひろがつて／蜂のお耳へはいつたら、／わるいことでもしたやうに、／蜜をかへしに行くでせう。〉と唱う。『露』一篇にも出会ったことは忘れないという。これらの感動が矢崎氏を深く動かしたということはそのまま我々にもつながるものであり、ここに見る生きとし生けるもののすべてに注がれみすゞの眼は、やはり賢治の世界にもそのままつながるものではないか。また「やさしい詩のかたちをとおして宇宙の根源的様相を表現している」所には、まさに「詩人の心と科学の目を併せ持った稀有な天才であった」という宇宙物理学者佐治晴夫氏の言葉は、そのまま賢治世界にもつながるものであろう。

　このように見て来れば賢治とみすゞの表現世界をつらぬく、根源発想のつながりは再現すればきりもなく、「同時代に生きた賢治とみすゞの世界」とはまさに同世界を生きた賢治とみすゞと言いかえることも出来よう。この両者の共通性をふまえた木原氏のすぐれた論の展開についての紹介はもはや省かせて戴くが、この賢治とみすゞの両者をみれば、そこに「人間の生き方についての、根源的なもの」にふれていること、またその「行間からも語りかけてくる『言葉の力』は無限」だという結びの言葉にこの論をつらぬく木原氏自身の並ならぬ感銘の深さを読みとることが出来よう。なお木原氏の労作として堀切実氏との共著『金子みすゞ再発見』（勉誠出版）、またこれも写真家の栗原弘氏との共著となる『金子みすゞ心の風景』（美術年鑑社）というすぐれた本のあることも紹介しておきたい。また木原氏の梅光学院の生涯学習センター（アルス梅光）でずっと続いている金子みすゞの講座のこともご紹介しておきたいと思う。

　さて次は加藤邦彦氏の「宮沢賢治と『アラビアンナイト』」と題したものだが、前回の『文学の力』と題した論集でも「近代詩人の死と空虚」と題したすぐれた鮎川信夫論を書かれたが、あの『中原中也全集』で佐々木幹郎氏を援けてされた資料と編集の圧倒的な力は、此処でも遺憾なく発揮され、ここでも賢治の詩篇「電線工夫」に見る、「アラビアンナイト型」ではないかと語る部分にふれて、以下当時の「アラビアンナイト」翻訳の出版状況にふれつつ、どこから賢治がこれをどのようにうけとめたか、例えば谷崎潤一郎や芥川がこれを好色文学のひとつとして受けとめていた例などにもふれながら、賢治はやはりこれを児童文学として捉えたとみれば、内外のどの翻訳から取ったかを微細に問いつめて、数ある翻訳の中で「模範家庭文庫」の「新訳アラビアンナイト」から取ったことは間違いあるまいとして、そこにある挿絵の見事さにふれ、これも図版で紹介され、我々読者の眼をひきつけるものがあるが、さらに今ひとつは『春と修羅』巻中の詩篇「屈折率」にふれ、ここでは「アラッディン、洋燈《ラムプ》とり」という言葉が使われていることに賢治が「新訳アラビアンナイト」を精読、味読していたことがみられ、この「新訳アラビアンナイト」の「アラヂンと不思議のランプ」の語るアラヂンがランプ取りに行くはずが枝々からさがる果物ならぬ宝石に眼をうばわれて取りこんで行く。金子民雄氏はここに、これを書いていた賢治の精神状態の不安定さがあらわれていると言うが、「わたしも同感だ」と言い、「新訳アラビアンナイト」の「アラヂンと不思議のランプ」を踏まえて「屈折率」を捉え直すと、以上のような解釈が可能であろうと加藤氏は言う。近・現代詩ととりくむ姿の見事さを遺憾なく発揮したものであろう。私もこの作業の跡には深い感銘を受けたものである。

以上であとがきはひとまず終るが、改めて読者の方々のさらなる賢治への注目の深まりを期待してやまないものである。さて次回はこの賢治論に続いて漱石特集を考え「漱石の遺した〈文学の力〉とは何か」と銘打ったものだが、まさに漱石の没後百年の特集の刊行を楽しみにしているものである。今回同様個性的な数々の筆者をお願いして充実した漱石記念号を出したいと熱く想うものである。かさねて読者の方々のさらなる関心を願って、ひとまずこの「あとがき」を閉じることにしたい。

佐藤泰正

二〇一五年二月

執筆者プロフィール

加藤邦彦　（かとう・くにひこ）

1974年生。佛教大学教授。博士（文学）。著書・論文に『中原中也と詩の近代』（角川学芸出版、2010年３月）、「「荒地」というエコールの形成と「現代詩とは何か」」（「るる」第１号、2013年12月）など。

原　子朗　（はら・しろう）

1924年生。早稲田大学名誉教授。詩人。元宮沢賢治イーハトーブ館長。著書に『大手拓次全集』全五巻・別巻（白凰社）、『宮沢賢治とはだれか』（早稲田大学出版部）、『定本宮澤賢治語彙辞典』（筑摩書房）など。

鎌田東二　（かまた・とうじ）

1951年生。京都大学こころの未来研究センター教授。著書に『歌と宗教　歌うこと。そして祈ること』（ポプラ社）、『講座スピリチュアル』第1巻（ビイング・ネット・プレス、企画・編）、『「呪い」を解く』（文藝春秋）など。

北川　透　（きたがわ・とおる）

1935年生。梅光学院大学名誉教授。著書に『北村透谷・試論』（全三巻、冬樹社）、『萩原朔太郎〈詩の原理〉論』（筑摩書房）、『詩的レトリック入門』（思潮社）、『谷川俊太郎の世界』（思潮社）、『中原中也論集成』（思潮社）など。

山根知子　（やまね・ともこ）

1964年生。ノートルダム清心女子大学教授。著書に『宮沢賢治　妹トシの拓いた道』（朝文社）、共著に『イーハトーヴからのいのちの言葉』（角川書店）、『宮澤賢治を読む』（笠間書院）、『宮澤賢治の深層―宗教からの照射』（法藏館）など。

木原豊美　（きはら・とよみ）

1944年生。梅光学院大学アルス梅光講師。共著に『金子みすゞ　心の風景』（美術年鑑社）、『金子みすゞ　再発見』（勉誠出版）。

宮沢賢治《みやざわけんじ》の切《き》り拓《ひら》いた世界《せかい》は何《なに》か

梅光学院大学公開講座論集　第63集

2015年5月15日　初版第1刷発行

佐藤泰正

1917年生。梅光学院大学客員教授。文学博士。著書に『日本近代詩とキリスト教』（新教出版社）、『夏目漱石論』（筑摩書房）、『佐藤泰正著作集』全13巻（翰林書房）、『中原中也という場所』（思潮社）、『これが漱石だ。』（櫻の森通信社）、共著に、佐藤泰正・山城むつみ『文学は〈人間学〉だ。』（笠間書院）ほか。

編者

右澤康之

装幀

株式会社　シナノ

印刷／製本

有限会社　笠間書院

〒101-0064　東京都千代田区猿楽町2-2-3

Tel 03(3295)1331　Fax 03(3294)0996

発行所

ISBN　978-4-305-60264-0　C0395　NDC分類：910.2

佐藤泰正編　笠間ライブラリー❖梅光学院大学公開講座

1 文学における笑い

古代文学と笑い■山路平四郎　今昔物語集の笑い■宮田尚　芭蕉俳諧における「笑い」■復本一郎　「猫」の笑いとその背後にあるもの■佐藤泰正　椎名文学における〈笑い〉と〈ユーモア〉■宮野光男　天上の笑いと地獄の笑い■安森敏隆　中国古典に見る笑い■白木進　シェイクスピアと笑い■後藤武士　風刺と笑い■奥山康治　現代アメリカ文学におけるユダヤ人の歪んだ笑い■今井夏彦

60214-8
品　切

2 文学における故郷

民族の魂の故郷■国分直一　古代文学における故郷■岡田喜久男　源氏物語における望郷の歌■武原弘　近代芸術における故郷■磯田光一　近代詩と〈故郷〉■佐藤泰正　文学における故郷の問題■早川雅之　〈故郷〉への想像力■武田友寿　椎名文学における〈故郷〉■宮野光男　民族の中のことば■岡野信子　英語のふるさと■田中美輝夫

60215-6
1000円

3 文学における夢

先史古代人の夢■国分直一　夢よりもはかなき■森田兼吉　夢幻能に見る人間の運命■池田富蔵　「今昔物語集」の夢■高橋貢　伴善男の夢■宮田尚　〈夢〉■佐藤泰正　夢と文学■饗庭孝男　寺山修司における〈地獄〉の夢■安森敏隆　夢と幻視の原点■水田巌　エズラ・パウンドの夢の歌■佐藤幸夫　キャサリン・マンスフィールドと「子供の夢」■吉津成久

50189-9
品　切

4 日本人の表現

和歌における即物的表現と即心的表現■山路平四郎　王朝物語の色彩表現■伊原昭　「罪と罰」雑感■桶谷秀昭　漱石の表現技法と英文学■矢本貞幹　芥川の「手巾」に見られる日本人の表現■向山義彦　『文章読本』管見■常岡晃　九州弁の表現法■藤原与一　英語と日本語の表現構造■村田忠男　日本人の音楽における特性■中山敦

50190-2
1000円

ISBNは頭に978-4-305を付けご利用下さい。

佐藤泰正編　笠間ライブラリー❖梅光学院大学公開講座

5
文学における宗教

旧約聖書における文学と宗教■関根正雄　キリスト教と文学の接点■大塚野百合　エミリー・ブロンテの信仰■宮川下枝　セアラの愛■宮野祥子　ヘミングウェイと聖書的人間像■樋口日出雄　ジョルジュ・ベルナース論■上總英郎　ポール・クローデルのみた日本の心■石進　『風立ちぬ』の世界■佐藤泰正　椎名麟三とキリスト教■宮野光男　塚本邦雄における〈神〉の位相■安森敏隆

50191-0
1000円

6
文学における時間

先史古代社会における時間■国分直一　古代文学における時間■岡田喜久男　漱石における時間■佐藤泰正　戦後小説の時間■利沢行夫　椎名文学における〈時間〉■宮野光男　文学における瞬間と持続■山形和美　十九世紀イギリス文学における「時間」■藤田清次　英語時制の問題点■加島康司　ヨハネ福音書における「時」■峠口新

50192-9
1000円

7
文学における自然

源氏物語の自然■武原弘　源俊頼の自然詠について■関根慶子　透谷における「自然」■平岡敏夫　漱石における〈自然〉■佐藤泰正　中国文学に於ける自然観■今浜通隆　ワーズワス・自然・パストラル■野中涼　アメリカ文学と自然■東山正芳　ヨーロッパ近代演劇と自然主義■徳永哲　イプセン作「テーリエ・ヴィーゲン」の海■中村都史子

50193-7
1000円

8
文学における風俗

倭人の風俗■国分直一　『今昔物語集』の受領たち■宮田尚　浮世草子と風俗■渡辺憲司　椎名文学における〈風俗〉■宮野光男　藤村と芥川の風俗意識に見られる近代日本文学の歩み■向山義彦　文学の「場」としての風俗■磯田光一　現代アメリカ文学における風俗■今井夏彦　風俗への挨拶■新谷敬三郎　哲学と昔話■荒木正見　ことばと風俗■村田忠男

50194-5
1000円

ISBNは頭に978-4-305を付けご利用下さい。

佐藤泰正編　笠間ライブラリー❖梅光学院大学公開講座

9 文学における空間

魏志倭人伝の方位観■**国分直一**　はるかな空間への憧憬と詠歌■**岩崎禮太郎**　漱石における空間―序説■**佐藤泰正**　文学空間としての北海道■**小笠原克**　文学における空間■**矢本貞幹**　ヨーロッパ近代以降の戯曲空間と「生」■**徳永哲**　W・B・イエイツの幻視空間■**星野徹**　言語における空間■**岡野信子**　ボルノーの空間論■**森田美千代**　聖書の解釈について■**岡山好江**

50195-3
品　切

10 方法としての詩歌

源氏物語の和歌について■**武原弘**　近代短歌の方法意識■**前田透**　方法としての近代歌集■**佐佐木幸綱**　宮沢賢治―その挽歌をどう読むか■**佐藤泰正**　詩の構造分析■**関根英二**　『水葬物語』論■**安森敏隆**　私の方法■**谷川俊太郎**　シェイクスピアと詩■**後藤武士**　方法としての詩―W・C・ウィリアムズの作品に即して■**徳永暢三**　日英比較詩法■**樋口日出雄**　北欧の四季の歌■**中村都史子**

50196-1
1000円

11 語りとは何か

「語り」の内面■**武田勝彦**　異常な語り■**荒木正見**　『谷の影』における素材と語り■**徳永哲**　ヘミングウェイと語り■**樋口日出雄**　『フンボルトの贈物』■**今石正人**　『古事記』における物語と歌謡■**岡田喜久男**　語りとは何か■**藤井貞和**　日記文学における語りの性格■**森田兼吉**　〈語り〉の転移■**佐藤泰正**

50197-4
1000円

12 ことばの諸相

ロブ・グリエ「浜辺」から■**関根英二**　俳句・短歌・詩における〈私〉の問題■**北川透**　イディオットの言語■**赤祖父哲二**　『源氏物語』の英訳をめぐって■**井上英明**　ボルノーの言語論■**森田美千代**　英文法■**加島康司**　英語変形文法入門■**本橋辰至**　「比較級＋than 構造」と否定副詞■**福島一人**　現時点でみる国内国外における日本語教育の種々相■**白木進**　仮名と漢字■**平井秀文**

50198-8
1100円

ISBN は頭に978-4-305を付けご利用下さい。

佐藤泰正編　笠間ライブラリー❖梅光学院大学公開講座

13

文学における父と子

家族をめぐる問題▍国分直一　孝と不幸との間▍宮田尚　俊成と定家▍岩崎禮太郎　浮世草子の破家者達▍渡辺憲司　明治の〈二代目たち〉の苦闘▍中野新治　ジョバンニの父とはなにか▍吉本隆明　子の世代の自己形成▍吉津成久　父を探すヤペテ＝スティーヴン▍鈴木幸夫　S・アンタスン文学における父の意義▍小園敏幸　ユダヤ人における父と子の絆▍今井夏彦

50199-6
1000円

14

文学における海

古英詩『ベオウルフ』における海▍矢田裕士　ヘンリー・アダムズと海▍樋口日出雄　海の慰め▍小川国夫　万葉人たちのうみ▍岡田喜久男　中世における海の歌▍池田富蔵　「待つ」ことのコスモロジー▍杉本春生　三島由紀夫における〈海〉▍佐藤泰正　吉行淳之介の海▍関根英二　海がことばに働くとき▍岡野信子　現象としての海▍荒木正見

50200-3
品　切

15

文学における母と子

『蜻蛉日記』における母と子の構図▍守屋省吾　女と母と▍安森敏隆　母と子▍中山和子　汚辱と神聖と▍斎藤末弘　文学のなかの母と子▍宮野光男　母の魔性と神性▍渡辺美智子　『海へ騎り行く人々』にみる母の影響▍徳永哲　ポルノーの母子論▍森田美千代　マターナル・ケア▍たなべ・ひでのり

60216-4
1000円

16

文学における身体

新約聖書における身体▍峠口新　身体論の座標▍荒木正見　G・グリーン「燃えつきた人間」の場合▍宮野祥子　身体・国土・聖別▍井上英明　身体論的な近代文学のはじまり▍亀井秀雄　近代文学における身体▍吉田凞生　漱石における身体▍佐藤泰正　竹内敏晴のからだ論▍森田美千代　短歌における身体語の位相▍安森敏隆

60217-2
1000円

ISBNは頭に978-4-305を付けご利用下さい。

17
日記と文学

『かげろうの日記』の拓いたもの■森田兼吉　『紫式部日記』論予備考説■武原弘　建保期の定家と明月記■岩崎禮太郎　二世市川団十郎日記抄の周辺■渡辺憲司　傍観者の日記・作品の中の傍観者■中野新治　一葉日記の文芸性■村松定孝　作家と日記■宮野光男　日記の文学と文学の日記■中野記偉　『自伝』にみられるフレーベルの教育思想■吉岡正宏

60218-0
1000円

18
文学における旅

救済史の歴史を歩んだひとびと■岡山好江　天都への旅■山本俊樹　ホーソンの作品における旅の考察■長岡政憲　アラン島の生活とシング■徳永哲　海上の道と神功伝説■国分直一　万葉集における旅■岡田喜久男　〈旅といのち〉の文学■岩崎禮太郎　同行二人■白石悌三　『日本言語地図』から20年■岡野信子

60219-9
1000円

19
事実と虚構

『遺物』における虚像と実像■木下尚子　鹿谷事件の〈虚〉と〈実〉■宮田尚　車内空間と近代小説■剣持武彦　斎藤茂吉における事実と虚構■安森敏隆　太宰治■長篠康一郎　竹内敏晴における事実と虚構■森田美千代　遊戯論における現実と非現実の世界■吉岡正宏　テニスン『イン・メモリアム』考■渡辺美智子　シャーウッド・アンダスンの文学における事実と虚構■小園敏幸

60220-2
品　切

20
文学における子ども

子ども―「大人の父」―■向山淳子　児童英語教育への効果的指導■伊佐雅子　『源氏物語』のなかの子ども■武原弘　芥川の小説と童話■浜野卓也　近代詩のなかの子ども■佐藤泰正　外なる子ども　内なる子ども■いぬいとみこ　「内なる子ども」の変容をめぐって■高橋久子　象徴としてのこども■荒木正見　子どもと性教育■古澤暁　自然主義的教育論における子ども観■吉岡正宏

60221-0
1000円

ISBNは頭に978-4-305を付けご利用下さい。

佐藤泰正編　笠間ライブラリー❖梅光学院大学公開講座

21

文学における家族

平安日記文学に描かれた家族のきずな▍森田兼吉　家族の発生▍山田有策　塚本邦雄における〈家族〉の位相▍安森敏隆　中絶論▍芹沢俊介　「家族」の脱構築▍吉津成久　清貧の家族▍向山淳子　家庭教育の人間学的考察▍広岡義之　日米の映画にみる家族▍樋口日出雄

60222-9
1000円

22

文学における都市

欧米近代戯曲と都市生活▍徳永哲　都市とユダヤの「隙間」▍今井夏彦　ボルノーの「空間論」についての一考察▍広岡義之　民俗における都市と村落▍国分直一　〈都市〉と「恨の介」前後▍渡辺憲司　百閒と漱石——反=三四郎の東京▍西成彦　都市の中の身体　身体の中の都市▍小森陽一　宮沢賢治における「東京」▍中野新治　都市の生活とスポーツ▍安富俊雄

60223-7
1000円

23

方法としての戯曲

『古事記』における演劇的なものについて▍岡田喜久男　方法としての戯曲▍松崎仁　椎名麟三戯曲「自由の彼方で」における〈神の声〉▍宮野光男　方法としての戯曲▍高堂要　欧米近代戯曲における「神の死」の諸相▍徳永哲　戯曲とオペラ▍原口すま子　島村抱月とイプセン▍中村都史子　ボルノーにおける「役割からの解放」概念について▍広岡義之　〈方法としての戯曲〉とは▍佐藤泰正

60224-5
1000円

24

文学における風土

ホーソーンの短編とニューイングランドの風土▍長岡政憲　ミシシッピー川の風土とマーク・トウェイン▍向山淳子　現代欧米戯曲にみる現代的精神風土▍徳永哲　神聖ローマの残影▍栗田廣美　豊国と常陸国▍国分直一　『今昔物語集』の〈九州〉▍宮田尚　賢治童話と東北の自然▍中野新治　福永武彦における「風土」▍曽根博義　『日本言語地図』上に見る福岡県域の方言状況▍岡野信子　スポーツの風土▍安富俊雄

60225-3
1000円

ISBNは頭に978-4-305を付けご利用下さい。

佐藤泰正編　笠間ライブラリー❖梅光学院大学公開講座

25
「源氏物語」を読む

源氏物語の人間■目加田さくを　「もののまぎれ」の内容■今井源衛　『源氏物語』における色のモチーフ■伊原昭　光源氏はなぜ絵日記を書いたか■森田兼吉　弘徽殿大后試論■田坂憲二　末期の眼■武原弘　源氏物語をふまえた和歌■岩崎禮太郎　光源氏の生いたちについて■井上英明　『源氏物語』の中国語訳をめぐる諸問題■林水福　〈読む〉ということ■佐藤泰正

60226-1
1000円

26
文学における二十代

劇作家シングの二十歳■徳永哲　エグサイルとしての二十代■吉津成久　アメリカ文学と青年像■樋口日出雄　儒者・文人をめざす平安中期の青年群像■今浜通隆　継盛の栄光と挫折■宮田尚　イニシエーションの街―「三四郎」■石原千秋　「青春」という仮構■紅野謙介　二十代をライフサイクルのなかで考える■古澤暁　文学における明治二十年代■佐藤泰正

60227-5
1000円

27
文体とは何か

文体まで■月村敏行　新古今歌人の歌の凝縮的表現■岩崎禮太郎　大田南畝の文体意識■久保田啓一　太宰治の文体―「富嶽百景」再攷■鶴谷憲三　表現の抽象レベル■野中涼　語彙から見た文体■福島一人　新聞及び雑誌英語の文体に関する一考察■原田一男　〈海篇〉に散見される特殊な義注文体■遠藤由里子　漱石の文体■佐藤泰正

60228-8
品　切

28
フェミニズムあるいはフェミニズム以後

近代日本文学のなかのマリアたち■宮野光男　「ゆき女きき書」成立考■井上洋子　シェイクスピアとフェミニズム■朱雀成子　フランス文学におけるフェミニズムの諸相■常岡晃　女性の現象学■広岡義之　フェミニスト批判に対して■富山太佳夫　言語運用と性■松尾文子　アメリカにおけるフェミニズムあるいはフェミニスト神学■森田美千代　山の彼方にも世界はあるのだろうか■中村都史子　スポーツとフェミニズム■安富俊雄　近代文学とフェミニズム■佐藤泰正

60229-6
1000円

ISBNは頭に978-4-305を付けご利用下さい。

29 文学における手紙

手紙に見るカントの哲学 **黒田敏夫**　ブロンテ姉妹と手紙 **宮川下枝**　シングの孤独とモリーへの手紙 **徳永哲**　苦悩の手紙 **今井夏彦**　平安女流日記文学と手紙 **森田兼吉**　『今昔物語集』の手紙 **宮田尚**　書簡という解放区 **金井景子**　塵の世・仙境・狂気 **中島国彦**　「郵便脚夫」としての賢治 **中野新治**　漱石―その〈方法としての書簡〉 **佐藤泰正**

60230-5
1000円

30 文学における老い

古代文学の中の「老い」 **岡田喜久男**　「楢山節考」の世界 **鶴谷憲三**　限界状況としての老い **佐古純一郎**　聖書における老い **峠口新**　老いゆけよ我と共に―R・ブラウニングの世界 **向山淳子**　アメリカ文学と〝老い〟 **大橋健三郎**　シャーウッド・アンダスンの文学におけるグロテスクと老い **小園敏幸**　ヘミングウェイと老人 **樋口日出雄**　「老い」をライフサイクルのなかで考える **古澤暁**　〈文学における老い〉とは **佐藤泰正**

60231-8
1000円

31 文学における狂気

預言と狂気のはざま **松浦義夫**　シェイクスピアにおける狂気 **朱雀成子**　近代非合理主義運動の功罪 **広岡義之**　G・グリーン『おとなしいアメリカ人』を読む **宮野祥子**　狂気と江戸時代演劇 **松崎仁**　北村透谷―「疎狂」の人 **藪禎子**　萩原朔太郎の「殺人事件」 **北川透**　狂人の手記 **木股知史**　森内俊雄文学のなかの〈狂気の女〉 **宮野光男**　〈文学における狂気〉とは **佐藤泰正**

60232-6
1000円

32 文学における変身

言語における変身 **古川武史**　源氏物語における人物像変貌の問題 **武原弘**　ドラマの不在・変身 **中野新治**　変身、物語の母型―漱石『こゝろ』管見― **浅野洋**　唐代伝奇に見える変身譚― **増子和男**　神の巫女―谷崎潤一郎〈サイクル〉の変身― **清水良典**　メタファーとしての変身― **北川透**　イエスの変貌と悪霊に取りつかれた子の癒し― **森田美千代**　〈文学における変身〉とは **佐藤泰正**　トウェインにおける変身、或いは入れ替わりの物語 **堤千佳子**

60233-4
1000円

ISBNは頭に978-4-305を付けご利用下さい。

佐藤泰正編　笠間ライブラリー❖梅光学院大学公開講座

33 シェイクスピアを読む

多義的な〈真実〉■鶴谷憲三　『オセロー』—女たちの表象■朱雀成子　昼の闇に飛翔する〈せりふ〉■徳永哲　シェイクスピアと諺■向山淳子　ジョイスのなかのシェイクスピア■吉津成久　シェイクスピアを社会言語学的視点から読む■高路善章　シェイクスピアの贋作■大場建治　シェイクスピア劇における特殊と普遍■柴田稔彦　精神史の中のオセロウ■藤田実　漱石とシェイクスピア■佐藤泰正

60234-2
1000円

34 表現のなかの女性像

「小町変相」論■須浪敏子　〈男〉の描写から〈女〉を読む■森田兼吉　シャーウッド・アンダスンの女性観■小園敏幸　矢代静一「泉」を読む■宮野光男　和学者の妻たち■久保田啓一　文読む女・物縫う女■中村都史子　運動競技と女性のミステリー■安冨俊雄　マルコ福音書の女性たち■森田美千代　漱石の描いた女性たち■佐藤泰正

60235-0
1000円

35 文学における仮面

文体という仮面■服部康喜　変装と仮面■石割透　キリスト教におけるペルソナ（仮面）■松浦義夫　ギリシャ劇の仮面から現代劇の仮面へ■徳永哲　ボルノーにおける「希望」の教育学■広岡義之　ブラウニングにおけるギリシャ悲劇〈仮面劇〉の受容■松浦美智子　見えざる仮面■松崎仁　〈仮面〉の犯罪■北川透　〈文学における仮面〉とは■佐藤泰正　テニソンの仮面■向山淳子

60236-9
品　切

36 ドストエフスキーを読む

ドストエフスキー文学の魅力■木下豊房　光と闇の二連画■清水孝純　ロシア問題■新谷敬三郎　萩原朔太郎とドストエフスキー■北川透　ドストエフスキーにおけるキリスト理解■松浦義夫　「罪と罰」におけるニヒリズムの超克■黒田敏夫　『地下室の手記』を読む■徳永哲　太宰治における〈ドストエフスキー〉■鶴谷憲三　呟きは道化の祈り■宮野光男　ドストエフスキイと近代日本の作家■佐藤泰正

60237-7
1000円

ISBNは頭に978-4-305を付けご利用下さい。

37
文学における道化

受苦としての道化■柴田勝二　笑劇（ファルス）の季節、あるいは蛸博士の二重身■花田俊典　〈道化〉という仮面■鶴谷憲三　道化と祝祭■安冨俊雄　『源氏物語』における道化■武原弘　濫行の僧たち■宮田尚　近代劇、現代劇における道化■徳永哲　シェイクスピアの道化■朱雀成子　〈文学における道化〉とは■佐藤泰正　ブラウニングの道化役■向山淳子

60238-5
1000円

38
文学における死生観

斎藤茂吉の死生観■安森敏隆　平家物語の死生観■松尾葦江　キリスト教における死生観■松浦義夫　ケルトの死生観■吉津成久　ヨーロッパ近・現代劇における死生観■徳永哲　教育人間学が問う「死」の意味■広岡義之　「死神」談義■増子和男　宮沢賢治の生と死■中野新治　〈文学における死生観〉とは■佐藤泰正　ブライアントとブラウニング■向山淳子

60239-3
1000円

39
文学における悪

カトリック文学における悪の問題■富岡幸一郎　エミリ・ブロンテと悪■斎藤和明　電脳空間と悪■樋口日出雄　悪魔と魔女と妖精と■樋口紀子　近世演劇に見る悪の姿■松崎仁　『今昔物語集』の悪行と悪業■宮田尚　『古事記』に見る「悪」■岡田喜久男　〈文学における悪〉とは―あとがきに代えて―■佐藤泰正　ブラウニングの悪の概念■向山淳子

60240-7
1000円

40
「こころ」から「ことば」へ　「ことば」から「こころ」へ

〈道具〉扱いか〈場所〉扱いか■中右実　あいさつ対話の構造・特性とあいさつことばの意味作用■岡野信子　人間関係の距離認知とことば■高路善章　外国語学習へのヒント■吉井誠　伝言ゲームに起こる音声的な変化について■有元光彦　話法で何が伝えられるか■松尾文子　〈ケルトのこころ〉が囁く■吉津成久　文脈的多義と認知的多義■国広哲弥　〈ことばの音楽〉をめぐって■北川透　言葉の逆説性をめぐって■佐藤泰正

60241-3
1000円

ISBNは頭に978-4-305を付けご利用下さい。

佐藤泰正編　笠間ライブラリー❖梅光学院大学公開講座

41 異文化との遭遇

〈下層〉という光景■出原隆俊　横光利一とドストエフスキーをめぐって■小田桐弘子　説話でたどる仏教東漸　キリスト教と異文化■松浦義夫　ラフカディオ・ハーンから小泉八雲へ■吉津成久　アイルランドに渡った「能」■徳永哲　北村透谷とハムレット■北川透　国際理解と相克■堤千佳子　〈異文化との遭遇〉とは■佐藤泰正　Englishness of English Haiku and Japaneseness of Japanese Haiku■湯浅信之

60242-3
1000円

42 癒しとしての文学

イギリス文学と癒しの主題■斎藤和明　癒しは、どこにあるか■宮川健郎　トマス・ピンチョンにみる癒し■樋口日出雄　魂の癒しとしての贖罪■松浦義夫　文学における癒し■宮野光男　読書療法をめぐる十五の質問に答えて■村中李衣　宗教と哲学における魂の癒し■黒田敏夫　ブラウニングの詩に見られる癒し■松浦美智子　『人生の親戚』を読む■鶴谷憲三　〈癒しとしての文学〉とは■佐藤泰正

60243-1
1000円

43 文学における表層と深層

『風立ちぬ』の修辞と文体■石井和夫　遠藤周作『深い河』の主題と方法■笠井秋生　宮沢賢治における「超越」と「着地」■中野新治　福音伝承における表層と深層■松浦義夫　ジャガ芋大飢饉のアイルランド■徳永哲　V・E・フランクルにおける「実存分析」についての一考察■広岡義之　G・グリーン『キホーテ神父』を読む■宮野祥子　〈文学における表層と深層〉とは■佐藤泰正　言語構造における深層と表層■古川武史

60244-2
1000円

44 文学における性と家族

「ウチ」と「ソト」の間で■重松恵子　〈流浪する狂女〉と〈二階の叔父さん〉■関谷由美子　庶民家庭における一家団欒の原風景■佐野茂　近世小説における「性」と「家族」■倉本昭　『聖書』における「家族」と「性」■松浦義夫　『ハムレット』を読み直す■朱雀成子　ノラの家出と家族問題■徳永哲　『ユリシーズ』における「寝取られ亭主」の心理■吉津成久　シャーウッド・アンダスンの求めた性と家族■小園敏幸　〈文学における性と家族〉とは■佐藤泰正

60245-8
1000円

ISBNは頭に978-4-305を付けご利用下さい。

佐藤泰正編　笠間ライブラリー❖梅光学院大学公開講座

45 太宰治を読む

太宰治と井伏鱒二━相馬正一　太宰治と旧制弘前高等学校━鶴谷憲三　『新釈諸国噺』の裏側━宮田　尚　花なき薔薇━北川透　『人間失格』再読━佐藤泰正　「外国人」としての主人公の位置について━村瀬　学　太宰治を読む━宮野光男　戦時下の太宰・一面━佐藤泰正

60246-6
1000円

46 鷗外を読む

「鷗外から司馬遼太郎まで」━山崎正和　鷗外の『仮名遣意見』について━竹盛天雄　森鷗外の翻譯文學━小堀桂一郎　森鷗外における「名」と「物」━中野新治　小倉時代の森鷗外━小林慎也　多面鏡としての〈戦争詩〉━北川　透　鷗外と漱石━佐藤泰正

60247-4
品　切

47 文学における迷宮

『新約聖書』最大の迷宮━松浦義夫　源氏物語における迷宮━武原　弘　富士の人穴信仰と黄表紙━倉本　昭　思惟と存在の迷路━黒田敏夫　「愛と生の迷宮」━松浦美智子　死の迷宮の中へ━徳永　哲　アメリカ文学に見る「迷宮」の様相━大橋健三郎　アップダイクの迷宮的世界━樋口日出雄　パラノイアック・ミステリー━中村三春　〈文学における迷宮〉とは━佐藤泰正

60248-2
1000円

48 漱石を読む

漱石随想━古井由吉　漱石における東西の葛藤━湯浅信之　「坊っちゃん」を読む━宮野光男　漱石と朝日新聞━小林慎也　人情の復活━石井和夫　強いられた近代人━中野新治　〈迷羊〉の彷徨━北川　透　「整った頭」と「乱れた心」━田中　実　『明暗』における下位主題群の考察（その二）━石崎　等　〈漱石を読む〉とは━佐藤泰正

60249-0
1000円

49 戦争と文学

戦争と歌人たち━篠　弘　二つの戦後━加藤典洋　フランクルの『夜と霧』を読み解く━広岡義之　〈国民詩〉という罠━北川　透　後日談としての戦争━樋口日出雄　マーキェヴィッツ伯爵夫人とイェイツの詩━徳永　哲　返忠（かえりちゅう）━宮田　尚　『新約聖書』における聖戦━松浦義夫　戦争文学としての『趣味の遺伝』━佐藤泰正

60250-4
1000円

ISBNは頭に978-4-305を付けご利用下さい。

佐藤泰正編　笠間ライブラリー❖梅光学院大学公開講座

50 宮沢賢治を読む

詩人、詩篇、そしてデモン■天沢退二郎　イーハトーヴの光と風■松田司郎　宮沢賢治における「芸術」と「実行」■中野新治　賢治童話の文体-その問いかけるもの■佐藤泰正　宮沢賢治と中原中也■北川透　宮沢賢治のドラゴンボール■秋枝美保　「幽霊の複合体」をめぐって■原子朗　「銀河鉄道の夜」■山根知子　「風の又三郎」異聞■宮野光男

60251-2　1000 円

51 芥川龍之介を読む

「羅生門」の読み難さ■海老井英次　「杜子春」論■宮坂覺　「玄鶴山房」を読む■関口安義　「蜘蛛の糸」あるいは「温室」という装置■中野新治　文明開化の花火■北川透　芥川龍之介「南京の基督」を読む■宮野光男　芥川龍之介と『今昔物語集』との出会い■宮田尚　日本英文学の「独立宣言」と、漱石-芥川の伝統路線に見える近代日本文学の運命■向山義彦　芥川龍之介と弱者の問題■松本常彦　芥川―その〈最終章〉の問いかけるもの■佐藤泰正

60252-0　1000 円

52 遠藤周作を読む

神学と小説の間■木崎さと子　夫・遠藤周作と過ごした日々■遠藤順子　おどけと哀しみと―人生の天秤棒■加藤宗哉　遠藤周作と井上洋治■山根道公　遠藤周作における心の故郷と歴史小説■高橋千劔破　「わたしが・棄てた・女」について■笠井秋生　虚構と事実の間■小林慎也　遠藤周作「深い河」を読む■宮野光男　遠藤文学の受けついだもの■佐藤泰正

60253-9　品　切

53 俳諧から俳句へ

俳諧から俳句へ■坪内稔典　マンガ『奥の細道』■堀切実　戦後俳句の十数年■阿部誠文　インターネットで連歌を試みて■湯浅信之　花鳥風月と俳句■小林慎也　菊舎尼の和漢古典受容■倉本昭　鶏頭の句の分からなさ■北川透　芭蕉・蕪村と近代文学■佐藤泰正

60254-7　1000 円

54 中原中也を読む

『全集』という生きもの■佐々木幹郎　中原中也とランボー■宇佐美斉　山口と中也■福田百合子　亡き人との対話―宮沢賢治と中原中也―■中原豊　《「無」の軌道》を内包する文学―中原中也と太宰治の出会い―■北川透　中原中也　あるいは　魂の労働者■中野新治　ゆらゆれる「ゆあーん　ゆよーん」―中原中也「サーカス」の改稿と行の字下げをめぐって―■加藤邦彦　中原中也をどう読むか―その〈宗教性〉の意味を問いつつ―■佐藤泰正

60255-5　1000 円

ISBN は頭に978- 4 -305を付けご利用下さい。

55 戦後文学を読む

敗戦文学論　**桶谷秀昭**　戦争体験の共有は可能か―浮遊する〈魂〉と彷徨する〈けもの〉について―**栗坪良樹**　危機ののりこえ方―大江健三郎の文学―**松原新一**　マリアを書く作家たち―椎名麟三「マグダラのマリア」に言い及ぶ―**宮野光男**　松本清張の書いた戦後―『点と線』『日本の黒い霧』など―**小林慎也**　三島由紀夫『春の雪』を読む　**北川透**　現代に〈教養小説〉は可能か―村上春樹『海辺のカフカ』を読む―**中野新治**　戦後文学の問いかけるもの―漱石と大岡昇平をめぐって―**佐藤泰正**

60256-5
1000円

56 文学　海を渡る

ことばの海を越えて―シェイクスピア・カンパニーの出帆―**下館和巳**　想像力の往還―カフカ・公房・春樹という惑星群―**清水孝純**　ケルトの風になって―精霊の宿る島愛蘭と日本の交流―**吉津成久**　パロディー、その喜劇への変換―太宰治『新ハムレット』考―**北川透**　黒澤明の『乱』―『リア王』の変容―**朱雀成子**　赤毛のアンの語りかけるもの―**堤千佳子**　「のっぺらぼう」考―その「正体」を中心として―**増子和男**　近代日本文学とドストエフスキイ―透谷・漱石・小林秀雄を中心に―**佐藤泰正**

60257-2
1000円

57 源氏物語の愉しみ

「いとほし」をめぐって―源氏物語は原文の味読によるべきこと―**秋山虔**　源氏物語の主題と構想　**目加田さくを**　『源氏物語』と色―その一端―**伊原昭**　桐壺院の年齢―与謝野晶子の「二十歳」「三十歳」説をめぐって―**田坂憲二**　第二部の紫の上の生と死―贖罪論の視座から―**武原弘**　『源氏物語』の表現技法―用語の選択と避選択・敬語の使用と避使用―**関一雄**　『源氏』はどう受け継がれたか―禁忌の恋の読まれ方と『源氏』以後の男主人公像―**安道百合子**　江戸時代人が見た『源氏』の女人―末摘花をめぐって―**倉本昭**　源氏物語雑感　**佐藤泰正**

60258-9
1000円

ISBNは頭に978-4-305を付けご利用下さい。

佐藤泰正編　笠間ライブラリー❖梅光学院大学公開講座

58 松本清張を読む

解き明かせない悲劇の暗さ―松本清張『北の詩人』論ノート▬北川透　『天保図録』―漆黒の人間図鑑―▬倉本昭　松本清張論―「天城越え」を手がかりに―▬赤塚正幸　松本清張と「日本の黒い霧」▬藤井忠俊　松本清張一面―初期作品を軸として―▬佐藤泰正　清張の故郷―『半生の記』を中心に―▬小林慎也　大衆文学における本文研究―「時間の習俗」を例にして―▬松本常彦　小倉時代の略年譜―松本清張のマグマ―▬小林慎也

60259-6
1000 円

59 三島由紀夫を読む

三島由紀夫、「絶対」の探究としての言葉と自刃▬富岡幸一郎　畏友を偲んで▬高橋昌也　『鹿鳴館』の時代―明治の欧化政策と女性たち▬久保田裕子　文学を否定する文学者―三島由紀夫小論▬中野新治　近代の終焉を演じるファルス―三島由紀夫『天人五衰』(『豊饒の海』第四巻)を読む▬北川透　三島由紀夫『軽王子と衣通姫』について―西洋文学と『春雨物語』の影響▬倉本昭　冷感症の時代―三島由紀夫『音楽』と「婦人公論」▬加藤邦彦　三島由紀夫とは誰か―その尽きざる問いをめぐって▬佐藤泰正

60260-2
1000 円

60 時代を問う文学

「人間存在の根源的な無責任さ」について―災禍と言葉と失声―▬辺見庸　慧眼を磨き、勁さと優しさを▬渡邊澄子　共同体と死時計―三島由紀夫『文化防衛論』について―▬北川透　現実とあらがうケルト的ロマン主義作家―イェイツとワーズワースと現代愛蘭作家―▬吉津成久　『平家物語』の虚と実―清盛の晩年―▬宮田尚　上田秋成が描いた空海▬倉本昭　運命への問い、運命からの問い―幸田露伴「運命」をめぐって―▬奥野政元　透谷と漱石の問いかけるもの―時代を貫通する文学とは何か―▬佐藤泰正

60261-9
1000 円

ISBN は頭に978-4-305を付けご利用下さい。

佐藤泰正編　笠間ライブラリー❖梅光学院大学公開講座

61
女流文学の潮流

感性のことなど▍川上未映子　大人になるは厭やな事―「たけくらべ」の表現技巧―▍山田有策　土屋斐子「和泉日記」の魅力とは▍板坂耀子　『紫式部日記』清少納言批判をどう読むか―紫式部の女房としての職掌意識を想像しつつ―▍安道百合子　笠女郎の相聞歌―大伴家持をめぐる恋―▍島田裕子　三浦綾子論―苦痛の意味について―▍奥野政元　二人の童話作家―あまんきみこと安房直子―▍村中李衣　そのとき女性の詩が変わった▍渡辺玄英　女性の勁さとは何か―あとがきに代えて―▍佐藤泰正

60262-6
1000 円

62
文学の力　時代と向き合う作家たち

コンティンジェントであることの力▍加藤典洋　漱石文学の翻訳をめぐって―風土を超えて生きる文学の力とは何か―▍金貞淑　宮沢賢治と鳥たち―「よだかの星」『銀河鉄道の夜』を中心に―▍北川透　森鷗外　歴史小説のはじまり▍奥野政元　一九六〇年代と現代詩▍渡辺玄英　近代詩人の死と空虚―鮎川信夫「死んだ男」の「ぼく」と「M」をめぐって―▍加藤邦彦　〈文学の力〉の何たるかを示すものは誰か―漱石、芥川、太宰、さらには透谷にもふれつつ―▍佐藤泰正

60263-3
1000 円

ISBN は頭に978- 4 -305を付けご利用下さい。

文学は〈人間学〉だ。

人間は何を求めているのだろうか。

人間という矛盾の塊は、
どう救われていくのだろうか。
それを突き詰めて表現する
「文学」を語り尽くす、
二つの渾身の講演録。

まえがき ◉ 山城むつみ

§1
文学が人生に相渉る時
—文学逍遥七五年を語る—◉ 佐藤泰正

§2
カラマーゾフの〈人間学〉◉ 山城むつみ

あとがき ◉ 佐藤泰正

佐藤泰正
近代日本文学研究者、梅光学院大学大学院客員教授

山城むつみ
文芸評論家。東海大学文学部文芸創作学科教授
2010年『ドストエフスキー』にて第65回毎日出版文化賞を受賞

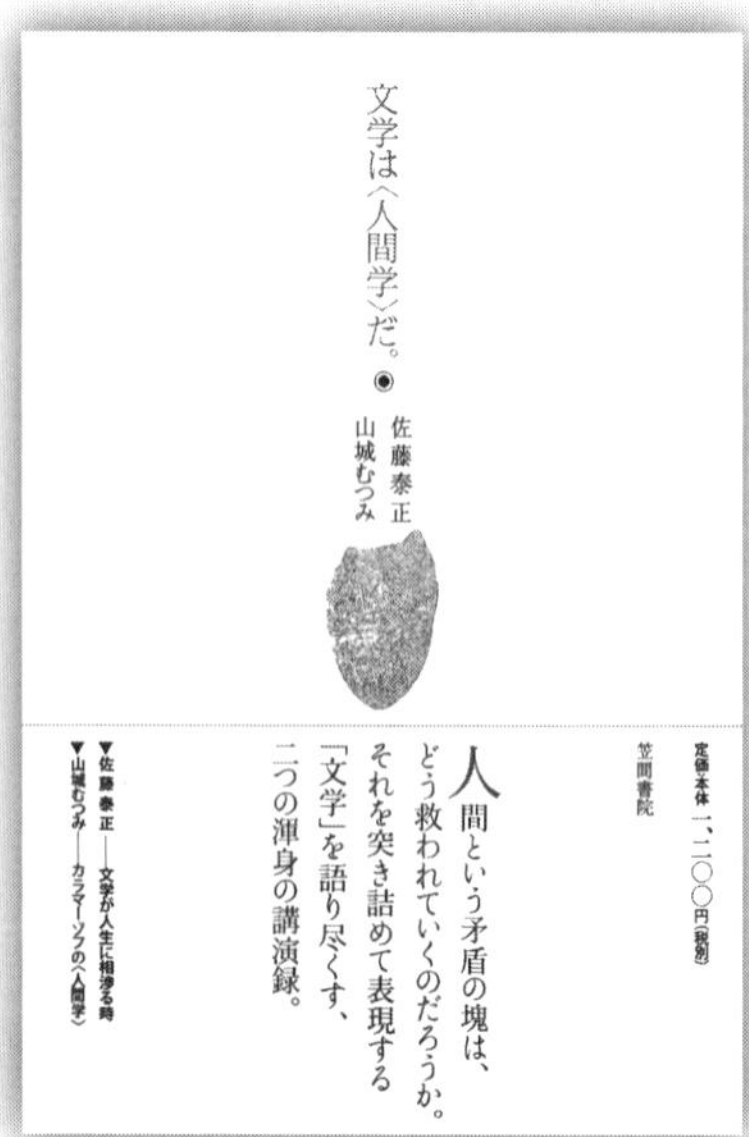

定価：本体1,200円（税別）
ISBN978-4-305-70694-2
四六判・並製・208頁

笠間書院